私は隣の田中です
隣人は退魔師の主人公!?

秋月 忍

富士見L文庫

JN229790

第一章　異界渡り

その日。私、鈴木麻衣《すずきまい》は浮かれていた。

というのも、高校生のころからずっと好きだった小説の最終巻が、三年ぶりにやっと発売されたのだ。

長かった。

と、本屋で平積みにされた『闇《やみ》の慟哭《どうこく》　最後の戦い』というタイトルを見つけて、感慨に浸る。

美しい青い湖の写真の表紙が印象的だ。新書サイズの分厚いその本を私は丁寧に手に取って、レジに向かう。

気が付けば、ずっと遠くに感じていた主人公と同じ年になっていた。

『闇の慟哭』というのは、二十七歳の美形の男、如月悟《きさらぎさとる》が、妖魔《ようま》退治をするという現代退魔ホラー小説である。作者がライトノベル系も書いている人で、つい手を出してしまったが、高校生が読むにはちょっとばかし大人な小説であった。

退魔アクションものなのでやはり男性読者が多いらしく、作風はハードボイルド。如月はひとりの女に執着したりはしない。固定のヒロインがいないため、事件のたびに知り合ったゲストヒロインとイイ感じになって、大人な恋のシーンがあるわけで。

初めて読んだときは女子高生だった私には、非常に刺激が強い作品だった。

そんな『闇の慟哭』であるが、如月や如月を取り囲む仲間たちがカッコイイということで、男性読者がメインの作品にもかかわらず、一部の女子にも大うけした。

けれど、快調に売り上げを伸ばしていた『闇の慟哭』シリーズは、作者が突然、執筆を止めてしまい、最終話直前で、読者は三年もの月日を待つ羽目になった。

私は、一刻も早く読みたいのを我慢して、家路を急ぐ。

思えば、初めてこの本を読んだ時、私は十七歳だった。夜中にこっそり作品中に出てきた、如月が妖魔を倒す時にやっていた九字の切り方を練習して、作品中に出てきた呪文《じゅもん》を暗記してしまうほどに夢中だった。この情熱を他のことに向けていたら人生が変わっていたかもしれないとは、自分でも思う。

このシリーズを手に取ってから、十年の月日が流れた。当時住んでいた家も家族も今はもうない。そう思うと、感慨深いものがある。

一人暮らしの人間が圧倒的に多いマンションのエレベーターホールで、私はいらいらしながらエレベーターを待つ。

遅い。いつも遅いが、今日は特に時間が長いと感じた。

小さな音がして、エレベーターの扉が開く。

いつものように、その狭いエレベーターに乗り込み、五階のボタンを押すと、ゆっくりと扉が閉まる。

階を告げるランプを見つめていた私は、ふと息苦しさを感じた。

全身が黒い靄《もや》のようなものに包まれている。振り払おうとするけれど、そのまま締め付けられた。苦しい。

何、これ？

ただの気体ではなく、まるで意志があるみたいだ。

黒いそれは私を包み込み……私は意識を失った。


額に大きくて温かなものが触れている。

「大丈夫ですか？　田中《たなか》さん」

目を覚ますと、硬質で理知的な美形に抱きかかえられていた。白いワイシャツにスラックス。首元のネクタイが少し緩んでいる。

まるで映画のワンシーンのようだ。思わず見惚《みと》れてしまう。

でも、私は田中ではないのだけど……。

そう思うより早く「あら、如月さん」と、私の唇が声を発した。

「救急車を呼びましょうか？　エレベーターの中でお倒れになっていたようですが」

「え？　あら、貧血かしら……」

声を出す感覚は感じているのに、口をついて出る言葉は、私の言葉ではない。私でない誰かが話している。身体を動かそうとしてみるが、ひどく自分の動きが鈍く感じた。全体的に頭の中に靄がかかっていて、寝起きのように、すべてがぼんやりとしている。

「部屋で少し休めば、すぐよくなると思います。ありがとうございました」

男に抱き起こされ、私はゆっくりと立ち上がる。

後ろに隠された彼の手に、きらりと金色の棒のようなものが見えた。真ん中が握り手になっていて、両方の端に槍《やり》のような刃が付いている。法具の一種、帝釈天《たいしゃくてん》の武器と言われている独鈷杵《どっこしょ》に似ていた。なぜそんなことに詳しいかというと、『闇の慟哭』で如月が使用していたからだ。実は、本気でネット通販で買おうと検索したことがある。

それにしても、金の独鈷杵？

なんだろう。この、既視感。

「何かお困りでしたら、気軽に声をかけてください」

私に如月と呼ばれた男が優しく微笑した。

「はい。ありがとうございます」

私は頭を下げ、六〇二と表示のある、自分の部屋のドアを開ける。

あれ？

私の目に映る、見慣れないけど、見慣れた部屋。頭がぼんやりする。

倒れたということは、疲れているのかもしれない。仕事はきつかったし、五月とはいえ朝晩は冷えるから体調も崩しやすいかも。

玄関を入ってすぐそばの台所にある食卓テーブルには、昨日読んでいた雑誌が置かれたままになっている。コンロには、鍋《なべ》がひとつ。シンク脇の水切りラックの上には、朝食で使った食器が洗ったまま放置されている。小さめの冷蔵庫に、電子レンジと炊飯器。決して広いとはいえない台所だけど、使い勝手は悪くない。

窓際にはベッド。作り付けの押し入れをクローゼットにしているので、家財道具は割と少ない方かもしれない。大きく空いたスペースには、ちょっと毛足の長いタイプの柔らかなラグが敷いてある。

私はほぼ無意識に、台所でコーヒーを入れた。そして、『昨日の残り』のカレーを温め、冷凍してあったご飯を解凍する。

「ちょっ、ちょっと待って！」

思わず叫ぶ。頭の中の靄が、一気に吹き飛んだ。

私、昨日、カレーなんか作ってない！

でも。カレーは間違いなくここにある。

あ、『闇の慟哭』！

私は鞄《かばん》の中をさぐる。

さぐっていて、気づく。大切に入れたはずの本がない。それに、間違いなく自分の鞄なのに、自分のものではない。

見慣れたパスケースから、私は免許証を取り出した。無事故無違反のゴールド免許。って、ペーパードライバーなのだから当たり前なのだが。

『田中　舞《まい》』

と、書かれている。

私は慌てて、洗面台の鏡を覗《のぞ》きこんだ。

誰？　これ？

凡庸な、普通の女性の顔。良くも悪くもなく印象に残らない、そんな顔だ。

あえて言うなら、鈴木麻衣より若干肌が白い。

えっと。整理してみよう。

私、鈴木麻衣は二十七歳。平凡な会社に勤める、平凡な容姿の女だ。彼氏なし、父母は既に他界。友人はいるものの、仲の良い友人たちは家庭に入って疎遠になりつつある。一人暮らし。マンションの五階に住んでいる。

それと同時に、私の中にもう一つ、別の私の人生がある。

田中舞、二十七歳。以下ほぼ同文。ただし、住んでいるのは六階だ。

頭が混乱してきた。どちらも、はっきりと『私』である。ちょうど心の中で天使と悪魔が語り合っているような感覚に近い。

そういえば、私、鈴木麻衣は、エレベーターの中で、黒い何かに締め付けられた気がする。

そして、田中舞は……会社帰りにエレベーターに乗ったところで、記憶が途切れている。

気が付いたら、部屋のすぐ前で如月さんに助け起こされていた。

あれ？　如月？

私は、首を傾げた。如月さんは隣に住んでいる。特に親しいわけでもないが、挨拶《あいさつ》ぐらいは交わす人だ。

おそらくモテるのであろう。違う女性と歩いているのを何回も見た……と、田中舞の記憶をたどる。

ちょっと待って。

ひょっとして、お隣さんは如月悟？　如月悟って、まさか『闇の慟哭』の主人公の如月？

そういえば。

女性レギュラーの少ない『闇の慟哭』の長いシリーズの中で、完全な脇役（というか背景キャラ）なのに毎回登場する女性が存在する。

名前は忘れたが、隣人の田中だ。

と言っても、本当にたいした役ではない。ゲストヒロインと如月のデートを目撃したり、如月のささやかな生活感を演出したりするためだけの役どころである。正直、毎回登場していると言っても、全部合わせて、一ページになるかどうか。私のような熱狂的なファンでなければ、その名字すら記憶しているかどうか怪しい。

その田中の一番の長い出番は、最初の『異界渡り』という妖魔《ようま》退治の話だ。

如月の住むマンションで、異界を渡り歩く妖魔が出没。ゲストヒロインは、同じマンションの美貌《びぼう》の女性『雪野《ゆきの》さやか』。田中は作品の冒頭部分で、エレベーターで妖魔に襲われたところを、如月に助けられる。

そして、田中は、登場して早々に妖魔の記憶を如月に消されて、その話には二度と出てこない。

ああ、あれだ。あの会話だ。

「救急車を呼びましょうか？」

先ほどの会話を思い出す。なにぶん読んだのがだいぶ前になるので、一字一句記憶はしていないが、ほぼあのような形で物語が始まったのだ。

これは、要するに、小説の中に入っちゃったとか？　それも、背景キャラに憑依《ひょうい》しちゃった？

いや、まて。私。齢《よわい》二十七にもなって、そんな夢みたいな事を……と、田中と鈴木の双方が突っ込む。

ひょっとして、私（鈴木）は、『闇の慟哭』最新刊を手にしたまま、エレベーターの事故かなんかで、意識不明とか。それで病院のベッドで大好きな小説に入り込んだ夢を見ている……と考えたが、もうひとりの私（田中）が、これは現実だと告げている。そもそも自分の意識が二つあるって、夢でも経験がない。

私は部屋を見回す。鈴木には見慣れない、でも田中には、見慣れた部屋。

酒でも飲んで、現実逃避しよう。

冷蔵庫を開き、チューハイの缶を開ける。つまみは、サキイカ。

この辺の常備しているものは鈴木も田中も大差がない。頭の中に二人の人間がいるというのに、驚くほど『感情』面で整合性がとれているというか、二つの『意識』があるように感じない。あえていうなら、やや鈴木の部分が大きい感じだ。

私は食卓テーブルに酒を置き、ふと、ベッドの方に目をやった。

「……誰？」

可愛らしい少女がひとり、ベッドで寝ている。白い小袖《こそで》の着物に赤い帯をした和装の女の子だ。長い黒髪がさらりと流れていて、まつ毛がとても長い。

ちなみに、田中舞は一人暮らしだ。こんな少女を見た記憶はない。

「ふあー」

少女は大きな欠伸《あくび》をすると、私の方を見た。女の私が見てもドキリとするほどの美少女だ。彼女は私と目が合うと、怪訝《けげん》そうに首を傾げた。

「あれ？　ひょっとして、私が見えるの？」

小鳥が囀《さえず》るような可愛らしい声だ。

私は状況がわからないながらも、こくりと頷《うなず》く。

「やだ。マイちゃん、別の魂が融合しちゃった？」

随分馴《な》れ馴れしいが、鈴木も田中も彼女のことを知らない。

「うわー、しかも、信じられないくらい同調している！　珍しいわあ。ほぼ一つの魂になっちゃって。超レアケース！　あらら。悟さま、記憶操作した時、失敗しちゃったみたいねえ」

「あの……あなた、誰？」

勝手に私を見て感動している女の子は、ニッコリ笑った。

「私は、桔梗《ききょう》よ」

「き、キキョウ！」

私は思わず声をあげた。

「やあね、化け物を見たみたいに」

私は震えた。

「だ……だって、あなた、式神！」

決定的だった。

『闇の慟哭』の主人公、如月悟は、式神を使う。数少ない女性（人間ではないが）レギュラーであり、如月の死んだ妹にそっくりな容姿の式神『桔梗』……。

式神なら、勝手に人の家に入って、ベッドでくつろぐこともできる。施錠した部屋は、いわば密室。普通に考えたら、知らない人間が、勝手に部屋でくつろいでいるわけはないのだ。

私は……やけくそになって、缶チューハイを飲みほす。

「へぇ、マイちゃん、私が式神だってわかるの？」

ベッドに腰掛けたまま、愛らしく桔梗が微笑む。この状況を明らかに楽しんでいるような表情だ。

空になったチューハイの缶を水洗いして、冷蔵庫を開け、思わずおかわりに手を伸ばした。

「……否定してほしかった」

ポツリと、そう呟《つぶや》く。

「しかも、この年で小説の中に入るとか、マジ、やめてほしかった」

他人様のまえで、恥ずかしげもなく言うセリフではないが……相手は式神なので気にしない。

私は頭を掻《か》いた。

「それに、どうせなら西洋風の乙女ゲーム系の世界とかが良かったなあ。化け物が闊歩《かっぽ》する世界ってあり得ない」

田中の知識、意識によればこの世界で『化け物』なるものは、一般には認知されていない。世間の幽霊や妖魔の類《たぐい》についての考え方は、ほぼ元の世界と変わらない。事実、田中は化け物なんていないと思って今日まで生きてきた。

しかし、目の前にいるのは式神の美少女だ。ということは、如月の勤めている妖魔退治専門の政府の秘密機関『防魔調査室《ぼうまちょうさしつ》』も、実在するのだろうか？

「ふうん。私のことを式神だってわかっちゃった、もうひとりの子は異界の子なのね。異界渡りが連れてきちゃったのかな」

桔梗が小首を傾げる。

「不幸な事故だったわね」

そう結論付けた。

って。

「いや、過去形にしないで。なんとか助けてくださいませんか？　それから、えっと。どうして貴女《あなた》、ここにいらっしゃるの？」

「うーん。残念だけど諦《あきら》めて。異界渡りなら可能かもしれないけど、アレ、通常は、意思疎通不可能だし。そもそも、アレは人の魂を喰《く》うために界渡りしているの。まあ、まれに人にとり憑《つ》いたりするけどね。だから、マイちゃんはエサなの。もう一度会ったら、今度は喰われて終わりじゃないかな」

あまり嬉《うれ》しくない情報を桔梗は教えてくれた。少しというよりかなりショックな情報だ。

「それから。私がこの部屋にいるのは、いつものことだけど。この部屋、居心地がよいのよね」

「え？　いつもって、いつも一緒にいたってこと？」

私は驚愕《きょうがく》する。私（田中）に身に覚えは全くない……が、そう言えば、寝ていると妙に身体が重かったりすることや、何かの気配を感じたりするようなことが、多々あった気がする。

「桔梗さんは、如月悟さんの式神さんでしょ？　なんでこの家にいるの？」

桔梗は私の顔を見て、ぷっと吹き出した。

「だって、悟さまの部屋、居心地悪いのよね。そこら中にいろんな陣が張ってあるし」

「……」

「いちいち、人形《ひとがた》に戻してくれれば、話は簡単なのよ？　でも、悟さま、私を使用人代わりに使っているから、私としても居場所に困るわけよ」

なるほど。と思う。小説でも、桔梗は如月の食事の用意や部屋の掃除などをしている描写があった。

「さすがにあまり遠いと、呼ばれた時に厄介なのよね。距離的にもマイちゃんのおうちがベストってわけ」

我が家は、式神さんの控室扱いらしい。

「でも、見えるようになっちゃったってなると、ちょっとばかり厄介よね。見えるひとから姿を消すには、けっこう力を消費しないといけないから」

「……この部屋に来ないという選択肢はないのでしょうか？」

私の言葉を、聞いているのか聞いていないのか。小首を傾げながら、桔梗が立ち上がった。

「あ、悟さまが呼んでいるわ。じゃあね、マイちゃん。また来るわ」

「……また？」

「今日は、違和感強いと思うけど、そこまで同調しているのだから、明日は魂同士ずいぶん馴染《なじ》むと思うから、心配しなくても、きっと大丈夫だよ」

言いたいことだけ言うと、桔梗は立ちあがり、ふわりと壁の中に消えていった。

思わず壁に手を触れてみたが、そこにあるのはただの壁で、何の仕掛けもない。

間違いなく、壁を『抜けて』彼女は出入りしている。

桔梗が消えてから、今さらながら頬をつねってみたけれど、とても痛い。事実は小説よりも奇なりというけれど、現実が小説の世界って場合は、どうすればいいのだろう。

アルコールの力を借りても、酔って逃避することもできず。頭の中でであるが、鈴木と田中で、情報交換をすることにした。

この際、ややこしいので鈴木を私、田中を田中と呼ぶ。（もちろん、田中は身体の持ち主であり、そう言った意味では私という一人称は、田中のほうがふさわしいのではあるが）

田中の人生は恐ろしいほど私と酷似していた。

違うのは、私が青春をささげた小説は『闇の慟哭』だが、田中の青春は『青の弾丸』というハードボイルドSFだということくらいか。収入も、学歴も、それこそ家財道具も大差はない。食の好み、服の好みなど、他人とは思えないくらいだ。

その前に、この世界は本当に『闇の慟哭』の世界なのだろうか？

如月悟、式神の『桔梗』。そして、隣人の田中。

そもそも小説なので『顔』をみて確信が持てない。『闇の慟哭』は、一般書籍で、挿絵などはまったく入っていないのだ。文章だけを手掛かりに、正確に人物をイメージするのは、かなり難しい。例えば、小説がドラマ化された時、当てられた俳優を『はまり役』と大半の人間が思ったとしても、「なーんか違うのよねー」と思う人は必ずいる。

小説の実写化と考えれば、先ほどの如月、桔梗は、私としては「うん、イメージ通りだね！」という感じではある。

田中については……誰も気にしないから、どうでもいい気はする。そう思うと、ちょっと田中の意識がへこんだ。

「しかし。仮に、この世界が『闇の慟哭』と同じ、もしくは類似した世界だったとして」

私に、元の世界に帰るすべはあるのだろうか。

『闇の慟哭』第一話『異界渡り』について記憶をたどってみる。

冒頭で、隣人田中を襲った『異界渡り』は、如月に撃退されるも、界渡りをして逃れた。状況から見て、これは先ほどの出来事と一致する。この後、『防魔調査室』に命じられて、如月は『異界渡り』の追跡調査を始めるはずだ。その調査の途中、同じマンションの『雪野さやか』がストーカー被害にあっているのに遭遇する。その犯人こそ、彼女に近づくための手段として、『異界渡り』をこの世に召喚した男だ。最後は男が『異界渡り』に取り込まれ、如月は男もろとも『異界渡り』を倒すという内容だった。小説での『異界』のイメージは、魑魅魍魎《ちみもうりょう》の巣くう『魔界』のようなイメージだったけれど、ひょっとしたら、私の住んでいた世界も『異界』に含まれるものなのかもしれない。

そして。この後、田中舞が出てくる要素はなかったと思う。

この話が現実だとしたら、私としても、わざわざストーカー事件や妖魔《ようま》退治に積極的に関わりたくはない。

しかし。私の魂が田中の中に入った原因が『異界渡り』にあるとしたら。

やはり、帰るには『異界渡り』に対峙《たいじ》する必要があるのではないか。

ストーリーの時系列的に、まだ如月と雪野さやかは接触していないと思われる。

明日、一度、如月悟に会ってみよう。

ついでに桔梗が、田中の家を控室扱いしている点についても抗議しなくては。

ああ、それにしても。

ここが『闇の慟哭』の世界ならなおさら。

「最終巻、読んでおきたかった……」

私は思わずそう呟いた。

朝七時半。私は大慌てで服装を整える。

本日、金曜日は、可燃ゴミの日である。小説世界に入り込んだ翌日に、ゴミの日だ。

生活感丸出しである。しかし、異世界に来た鈴木はともかく、田中には『日常生活』というものがある。鈴木が脳内に居座ろうが、元の世界に帰ろうが、田中は田中の生活を守らなければならない。

……こうした、他人様にはバカげた葛藤《かっとう》を脳内で繰り広げながら、私は小走りでゴミを集積場に置きにいった。

マンションの駐車場の傍につくられた集積場には、ゴミ袋が積み上げられている。私の少し前を、男性がゴミ袋を持って歩いていた。出勤前らしい、シャツとスラックスという出《い》で立ちで、黒い鞄《かばん》を脇に挟んでいる。姿勢の良いすらりとした立ち姿が、ゴミを持っているのに美しいと感じさせた。

「おはようございます」

声をかけながら男性の横をすり抜け、自分のゴミを置こうとして顔を上げ、ビクリとした。

「おはようございます、田中さん、体調はいかがですか？」

如月悟だった。ナチュラルな短い髪、クールで端整な顔立ち。均整の取れた鍛えられた体。

主人公の名に相応《ふさわ》しく、モデルか俳優のような美形だ。

――キサラギサトルガ、ゴミ袋ヲ持ッテイル。

生活していれば当たり前の行動だが、私の中に衝撃が走った。

何せ、高校の時からの憧《あこが》れのハードボイルドキャラである。

もちろんここが現実で、如月が人間である以上、トイレにだって入るだろう。生活すれば、ゴミだって出る。しかも、一人暮らしなのだから、ゴミ出しは自分でするしかない。

しかし、あの如月の家に可燃ゴミが存在するなんて、小説を読んだファンの誰が想像できるだろうか？

乙女の夢がガラガラと音を立てて崩れ、私は精神にかなりのダメージをくらった。

「き、昨日はどうもありがとうございました」

動揺する私（鈴木）を抑え、もう一人の自分（田中）が、慌てて頭を下げる。

まさか、ゴミを出しにきて、如月に会うとは思っていなかった。

「ゴミ……桔梗さんが出すのではないのですね」

つい、もらしてしまった私の感想に、如月は苦笑した。

「桔梗？　ああ、見られたって言っていたな。桔梗は、実体がないわけではないけれど、全ての人に見える訳じゃないですよ」

ええと。モノは持てるけど、姿が見えない人もいるってコト？

と、ゆーことは、ゴミ袋を持ってくることは可能だけど、桔梗が見えない人には、ゴミ袋が浮いているように見える訳だ。想像すると、ちょっと怖い。それは、やめた方がいいだろう。

「ふーん」

物珍しそうに、如月が私を嘗《な》め回すように見る。ちょっと、ドキリとした。

「桔梗に聞いていたけど、田中さん、変わりましたね」

ニコリ、と如月が笑った。笑顔が現実の人間とは思えぬほど眩《まぶ》しい。

「あ、あの」

如月は私の事情を桔梗から聞いているようだ。それならば、話は早い。

「桔梗さんとか、私自身のことで、少しご相談があるのですが」

朝の忙しい時間である。ゴミの集積場で話す内容ではない。しかし、ただの隣人である私には、主人公さまと接触できる機会はそう巡っては来ないだろう。チャンスは最大限に生かすべきだ。

如月は首を傾げ、私を見た。秘密機関と言っても、如月は勤め人だ。出社の時間が近いらしく、彼は腕時計をちらりと見る。

「申し訳ないけど、明日は仕事が休みだから、明日の午前中でもいいかな？」

「あ、はい。ありがとうございます」

柔らかい笑顔での提案に、私は頷《うなず》いた。笑顔にいちいちドキリとしてしまうのは、長年のファンだから許してほしい。

それに。桔梗のことはともかく、私自身はこみいったことになっているので、五分や十分話したところで解決できそうもない。相談のための時間がもらえたのは、ありがたかった。

「あの、如月さんは、『雪野さやか』さんって、ご存じですか？」

「ん？　知らないけど」

私の唐突な質問に、如月は怪訝《けげん》そうに首を傾げた。

それが本当なら、まだ異界渡りは退治されていないのだろうと少し私は安心する。明日相談しても、全然問題はなさそうだ。退治されてしまえば、鈴木麻衣は帰れない。

ひとりで頷いていた私を、面白そうに如月は見た。

「田中さん、自分で思っているより雰囲気が変わっているから、気をつけてくださいね。

それに、貴女《あなた》はもともと、異形《いぎょう》に好かれやすいから」

他の住人がゴミ出しにやってきたのを見て、如月は小声で告げると、「では」と、頭を下げて、駐車場へと消えていった。

『異形に好かれやすい』って、何だろうとは思ったが、深く考えても仕方がない。

私は、慌てて部屋に戻った。


午前八時五十分。いつものように、始業十分前に出社する。

鈴木麻衣にとっては小説世界に入ってしまった翌日だろうが何だろうが、田中舞には田中舞の生活がある。一夜経つと魂が馴染《なじ》む、と言われていたが、いつの間にか、普通に田中舞として考えて行動している自分がいて、二人の間に境界線がなくなってきているようだ。私は鈴木麻衣であると同時に、田中舞だと自然に思えるようになった。どちらかの意識が無くなったわけではないが、二人が同時に存在している、という感じでもない。

田中の勤める会社は、都心から電車に揺られて三十分ほどの下町にある、小さな食品加工会社である。工場では三十人ほどが働いているが、田中は事務担当なので、職場は工場に併設された小さな事務所だ。

「おはようございます」

私は、挨拶《あいさつ》をしながら事務所に入っていく。

「おはよう、田中ちゃん。あら、髪の毛を切ったの？　いい感じじゃない？」

私と同じ事務担当の社長夫人、山村《やまむら》まどかが眩しそうに私を見た。

「いえ？　切っていません」

不思議なことを言うなあ、と思いながら席につく。

「おはよう。あれ？　田中、おめー、髪型変えた？」

隣に座っていた同期の営業、熊田《くまだ》浩二《こうじ》が、私を二度見した。

「……変えてないよ」

なんだろうと思いながら、仕事の準備を始めた。そこへ、同じ事務をしているふたつ年下の白石《しらいし》美紅《みく》が、元気な挨拶をしながらはいってきて、やっぱり私を二度見した。

「あれ？　田中さん、化粧変えた？」

「……変えてない」

こうしたやりとりが、朝から延々と続いた。どうやら如月が言ったとおり、外見に全く変化はないのに、私は『変わって』みえるらしい。鈴木麻衣の魂が田中舞の中に同居しているので、違うと言えば違うのだけれども、意外と『魂』の変化って、見ただけでわかるものなのかと驚いた。

昼休みに食堂に行くと、工場の人たちにも、二度見されたりして、だんだん面倒になってきた。なまじ会社が小さいせいで、ほぼ全員、顔見知りなのがいけない。

それにしても。小説世界に入って二日目は『イメチェン疑惑』の他は特記するべきことは何もなく、退社時間が近づいてきた。

時計をちらりと見ながら、書類を片づけ始めていると、外回りから帰ってきた熊田が立ったまま、私をじっと見ているのに気が付いた。

「何？」

「あ、いや……」

熊田は慌てたように口を濁して、自分の机の前に座った。

ふうっと私はため息をつく。こんなにみんなからイメチェン疑惑をもたれるなら、週末に髪型でも変えてみるか、と思う。

口紅の色を変えるだけでも、言い訳になるかもしれない。とはいえ、絶世の美女になったわけではないし、影が薄い私のことは、あっというまに、誰も気にしなくなるだろうけど。

いや、それ以前に、鈴木麻衣はもとの世界に帰りたいのですけども。

「田中、おめー、今日、ヒマ？」

熊田が私の顔を覗《のぞ》きこむ。

こんなふうに聞くときは、『厄介なお仕事』を頼みたい時だ。

「ん？　別に何の予定もないから、残業できるよ」

私は、書類を出せと言うのも惜しんで、片手を熊田の前に広げて出した。

「仕事じゃねーよ。今日、沢木《さわき》と飲むけど、おめーも行かないか？」

沢木というのは、工場勤務の同期の沢木徹《とおる》のことだ。

「何故に？」

同期だから仲が悪いわけではないが、いっしょにご飯とか、あまり誘われたことはない。

熊田は若干、顔を赤らめた。

「行く店が、女性客は、ボトルが一割引きなんだ」

「……私は割引クーポン券ということね」

ま。そんな扱いだということは始めからわかっているので、いちいち傷つくようなことはないけど。

「しめ鯖《さば》がメチャ旨《うま》い」

熊田がぐっと拳《こぶし》を握りしめる。

「なるほど」

私がしめ鯖が好きなこと、コイツに話したっけ？

「いいよ。どーせ家に帰っても、今日は食材ないから」

というわけで。小説世界の二日目は、同期と飲むことになった。

小説世界に入るという言葉から連想される世の中の物語というのは、何かしら非日常的なイベントが連続で起こっていたように思う。

少なくとも、昨日の残りのカレーを温めて食べたり、出社してふつーに仕事したりという物語は、あっただろうか？

つい忘れそうになるが、私は小説世界に入って二日目である。

もちろん、式神が見えてしまったり、元の世界で大好きだった如月悟とご近所さん会話をしたりして、それなりに非日常？なイベントもありはするが……まさか、割引クーポン券として、同期と飲むとは思わなかった。

完全な日常とは言えないものの、相手に下心があるわけでもない。恋愛イベントが起こる可能性は、たぶんゼロだ。

ちょっと暗めの居酒屋の照明の下、しめ鯖をつっつきながら、私は、熊田と沢木が新発売のカメラについて語り合っているのをぼーっと聞いていた。熊田も沢木も、どちらかと言えば整った顔をしている。営業をしていることもあって、熊田は快活で肌も日焼けしている、ちょっとワイルド系。沢木はひょろりと長い感じで、お綺麗《きれい》系。社内では二人とも独身女性に人気がある。

もっとも、如月悟という規格外な人間を見てしまうと、熊田も沢木も、しょせん、出来の良い『どんぐり』である。

この際、私が凡庸などんぐりだというのは、置いておこう。

「あ、すみません。揚げだし豆腐ください」

私は、店員を呼び止め注文する。

最初こそ、二人は私に気を遣って、雰囲気が変わった原因などを聞いてきたが、一通りのやり取りを終えると、もはやどうでもよいらしい。ゆえに、私は食欲を満たすことにした。

運ばれてきた揚げだし豆腐を口にしようとして、ふと、視線を感じた。

私の視界の隅っこに引っかかる位置にいる、カウンター席に座った男だ。なんだか、じっとこちらを見ている。

揚げだし豆腐が、自分より先に来たからかな？

そんなことを考えながら、ビールに手を伸ばそうとしたら、背筋がぞくりとした。

その男の肩に小さな鬼としか呼べないような生き物が座っている。暗褐色の髪の間から生えている赤銅色の角。闇色の肌に、銀色の眼がきらりと光り、カッと口を開く。どうやら、私と目が合って、嗤《わら》ったようだ。

男の周囲にいる人間は、誰もそいつに気が付いていない。

「……どうした？　田中」

私は、熊田の心配そうな声で我に返った。

「な、なんでもない。ちょっと酔っぱらったかもしれない」

私は頭を振った。背筋がゾクゾクする。視線がずっとこちらを向いている。怖い。

居酒屋の喧騒《けんそう》がスーッと遠のいていく。何も聞こえない。

周りの色が消えて、私と鬼と、その男だけの世界になってしまったような錯覚に陥る。

怖いけど、熊田や沢木に言っても酔いのせいにされそうだ。いや、本当に酔ったせいだと思いたい。

そもそも。凡庸な背景キャラである私（鈴木も田中も）は、単純に視線を向けられることだって、慣れていない。

「あの……私、ちょっとお手洗いに行ってくる」

二人に断ってから、私はカウンターの傍を通らない道筋でトイレに逃げ込み、洗面所で顔を洗った。

冷たい水で冷静さが戻ってきたが、鏡の中の自分は相当に青白い。

妖魔《ようま》が見えるなんて、そんな能力、要らないよっ！

思わず泣きたくなる。

小説世界に入って二日目で、非日常的なイベントがないなんて思ったのが間違いだった。

でも、酔っているのは事実だし、本当に気のせいだったのかもしれない。

少なくとも、『闇の慟哭』にこんなシーンはなかったはずだ。

そう思い直し、口紅だけ塗り直すと、私は席に戻った。

「大丈夫か？」

「顔が青いぞ」

熊田と沢木が私の顔を覗きこむ。本当に心配してくれている。

私の顔は、相当にヒドイのだろう。

「ちょっと、飲みすぎちゃったかも」

私は弱々しく笑顔を作りながら、カウンターのほうを見る。そこはいつの間にか空席になっていた。

「ごめん。でも、もう大丈夫だから」

私はホッと息をついて、椅子の背もたれに身体を預けた。

気のせいかどうかわからないけど、とりあえず男がいなくなったことで私は安心した。

「……そろそろ帰ろうか」

熊田が沢木と顔を見合わせて、そう言った。

「ううん。二人は飲んでいて。私一人、先に帰るから大丈夫」

私がそう告げると、二人は「気にするな」と言いながら席を立った。

会計は二人が出してくれると言ったが、自分の分のお金は払った。付き合っているわけでもないし、二人は同期だ。お財布事情はよくわかっている。

外に出ると、初夏の夜風が沁《し》みた。背中のゾクゾクが、少しもなくならない。風邪を引いたのかもしれない。

「大丈夫か？　送ろうか？」

熊田は何度もそう言ってくれたが、うちとは逆方向だし、申し訳ないので断った。

それでも心配だったのか、熊田と沢木は、駅まで私を送ってくれた。

二人と別れると、あの銀色の眼が脳裏に浮かんできて身体が震えた。

電車はそれほど混んでおらず、空調は快適に保たれているのに、私の身体は汗でびっしょりだ。

強がらずに、家まで送ってもらえば良かった。

電車を降りて、マンションへの暗い道を歩きながらそう思った。

街灯と街灯の間にできる影に入るたびに、誰かに見られているかのように感じられて、私は足を速める。

ようやく、住み慣れたマンションの明かりが見えてきた。

辻《つじ》を曲がれば、もう、そこだ、というところで。

「今、お帰りですか？」

後ろから声をかけられた。聞き覚えのない声だ。無視をしても良い。無視をすべきだと、頭のどこかで警告音が鳴っている。

首筋がチリチリと痛む。怖い。

「鈴木麻衣さん」

呼ばれるはずのないその名に、思わず振り返る。私と目が合うと、カウンター席に腰を掛けていた男は肩に小鬼をのせて、ニヤっと口の端を上げて嗤った。

夢じゃない。

街灯に照らしだされて浮かび上がる男と小鬼は、間違いなくそこにいた。

他の誰でもない私を待ちかまえている。

私は、男を見据えたまま、じりじりと後退した。

バッと反転し、マンションのほうへと走り出す。

「おやおや、走ると危ないですよ」

子供でもあやすかのような、男の声。

ふわっ
全力疾走する私の前に、あの小鬼が舞い降りた。

カッと、赤い口が開く。銀の眼が私の姿を捕らえている。

びくりとして、足の止まった私の背に、男の足音が迫る。

頭が真っ白になる。恐怖で膝《ひざ》が震え始めた。

「どうして？」

つい、疑問が口をつく。ここが、『闇の慟哭』の世界だからといって、私は脇役の田中なのだ。田中にとって、この世界は鈴木の世界と同じで、化け物などいない平和な日本のはずだ。こんなの聞いていない。話が違う。誰も田中が巻き込まれるお話なんて、求めていない。

「とても貴女《あなた》が美味《おい》しそうなので。ぜひ、食べさせていただきたいのです」

男はそう言って、さらに距離をつめてきた。

「いやっ！」

私は、咄嗟《とっさ》に鞄《かばん》を男に向かって投げつけた。

バシッと、鞄が何かにぶつかった音がした。

後ろには得体のしれない男。前方には、小さな鬼。

逃げられない。

どうしたらいいのだろう？

このまま、私はなすすべもなく、妖魔に殺されてしまうのだろうか？

そんなのは嫌だ。

不意に、私の頭にある考えが浮かぶ。

妖魔が見えるのだから、ひょっとして。如月が使っていた退魔法も使えるかもしれない。

正式な印の結び方はわからないが、小説で如月が多用した、早九字護身という呪文《じゅもん》を唱えながら指で宙に格子を描く基本の退魔法なら、何度も練習したことがある。

半ばやけくそで、私は人差し指と中指を伸ばし、刀印を結んだ。

臨《りん》・兵《びょう》・闘《とう》・者《しゃ》・皆《かい》・陣《じん》・列《れつ》・在《ざい》・前《ぜん》

呪文を唱えながら、横、縦、横と、全部で九本の線を宙に描いていく。

最後の横線を引き終わったその時、宙に描いたはずの格子模様が淡い光を放ち、小鬼に向かって走った。

小鬼が苦痛の声をあげ地面に転がる。けれどすぐに顔を上げ、憎悪の視線を私に向けた。

「ほう、素晴らしい。霊力もお持ちなのですね」

小鬼に気を取られた一瞬の隙に、私は背中から抱き付かれた。身体が動かせないほどに締め付けられて、首筋に男の生暖かい息がかかる。

逃げたいのに。

あまりの恐怖に動けない。

「臨・兵・闘・者」

突然、闇の中に、テノールの声が響いた。エコーがかかっているかのように闇を裂いていく声だ。

「皆・陣・列・在・前」

白銀の光が宙を射るように線を描き、小鬼に突き刺さった。

小鬼は断末魔の叫びをあげ、蒸発するように光とともに消えていく。

「なっ」

男が、耳元で驚愕《きょうがく》の声をあげた。

「その人を放しなさい」

静かにテノールの声が告げる。闇の中からすらりとした男性の姿が浮かび上がった。

「如月さん？」

暗闇に、彼の手にした独鈷杵が煌《きら》めいた。

その姿に気が緩みかけた瞬間、如月の進路をふさぐように突き飛ばされる。

ぎゃっ、と、全く可愛くない悲鳴をあげて、私は如月の胸に倒れこんだ。

男のいたはずの場所で鈍い音がして振り返ると、漆黒の闇をまとわして男の姿が見えなくなった。

「……逃げられた」

如月は、悔しそうに呟《つぶや》く。

「大丈夫？」

優しい声で問いかけられ、私は我に返った。

見上げると、如月の長い睫《まつげ》に気付く。同じ人間とは思えない綺麗《きれい》な造形だな、と思う。

そして、自分が完全に如月の胸に倒れこんでいるのに気が付いた。

「……如月さん？」

「びっくりするのも無理はないな。間に合ってよかったよ」

すっと、如月の手が私のおでこにのび、前髪をかきあげた。

「あの……記憶、消すのですか？」

温かい。額に載せられた手の感触に覚えがある。

「そうできればいいんだけど、無理だな」

如月は苦笑した。

「君の中には二つの魂が重なっている。記憶操作を試みたところで、どちらかの魂は必ず覚えている」

如月は優しく、私の背に手を回して上半身を支えてくれている。

「歩ける？」

その時、背中に添えられた手のぬくもりを今さらながら意識した。

恐怖に凍り付いていた思考が、一気に解凍される。

「だ、大丈夫です！　す、すみませんでした！」

私は慌てて、如月から離れた。

胸がドキドキする。至近距離で美形と接触するのは、身体によくないと思う。

「家まで送ろう」

「えっと。でも……」

「と言うのも変だな。どうせ隣だ。俺も帰るところだったから」

それはそうなのだけれど。

こんなところを見られたら、如月親衛隊に殺される……って、それは鈴木の世界の話だけど。

優秀なファンというのは、スターと距離を置いて、むやみに追いかけてはいけないのだ。程よい距離感を保ち、節度ある態度でスターの幸せを応援し、願う。それがファンのあるべき姿。間違っても、スターの手を煩わせるようなことがあったり、ご迷惑をかけたりしてはいけないのだ。

「歩ける？」

「……大丈夫です」

先ほど、恐怖で凍りそうだった血液が、グラグラ沸騰しそうで、色っぽい状況じゃないことを理解しているのに胸がバクバクする。

うーっ。これは、お隣さん特権？　こんな場面、小説にはなかったはずなのに。

そもそも、田中が妖魔《ようま》に襲われるのは、冒頭部分の一回だけのはずだ。

それなのに、自分も妖魔と戦ったり、如月に帰宅のついでとはいえ、送ってもらったりとか。田中の出番増えすぎだ。オーバーワークである。

それに、ヒロインは大丈夫なのだろうか。如月がこんなところで私にかまっていて、さやかは、どうなっているの？

『異界渡り』では、ヒロイン雪野さやかに執着したストーカーが、何度も彼女を襲うのだ。凛《りん》とした大人の美しい女性である彼女は、高校時代からの私の憧《あこが》れだった。

『闇の慟哭』シリーズ歴代ヒロインの中でも、彼女のファンは多い。私のせいで、彼女の身に何かあってはたいへんである。世間様に申し訳がたたない。

よく考えたら、いろいろ聞きたいことがあったというのに、頭が沸騰してしまって何も口に出せずに、私は家まで送られてしまった。

「詳細は、明日、ゆっくり聞かせてもらうよ。今日は、とりあえず休んで」

如月は微笑して、パチンと指を鳴らした。

ふわりと壁から清楚《せいそ》な和服美少女が抜け出てくる。

「桔梗、一晩、彼女についていてやってくれ」

「言われなくても、マイちゃんのことは私が守るから安心してください」

桔梗は微笑みながら頷《うなず》く。

「後は頼んだ」

如月が帰っていくと、私は桔梗といっしょに自分の部屋へと入った。

式神でもなんでも、誰かがついていてくれる、そう思うと心強い。

「ごめんね。つきあわせちゃって」

桔梗は首を振った。

「水臭いなあ。私とマイちゃんの仲だから。気にしないで」

……どんな仲なのだろうか、ちょっと疑問ではあるが、嫌な気持ちではなかった。

昨日会ったばかりだというのに、すごく近しい感じがするのは……実はいつも彼女がそばにいたからなのかもしれない。

「マイちゃん、お茶飲む？」

桔梗はそう言って、うちの台所に立つ。

「えっと、わかる？」

「大丈夫」

毎日のように来ていたというのは事実のようで。手際よく桔梗はお湯を沸かし始めた。和服の美少女が台所に立つ姿は、ちょっと絵になる。

「ジャスミンティ、使うよ」

「うん」

部屋着に着替え終わると、桔梗が、茶器を持って私の隣に座る。ジャスミンのかぐわしい香りがあたりに漂った。

「いい香りね」

いろんなことがありすぎた今日が、ようやく終わる。

「ゆっくり休んで。大丈夫。ずっとそばにいるから」

桔梗が私の手に優しく触れる。その手は、少しだけひんやりとしていたけれど、温かいものが伝わってきて、とても安心できた。


朝。カーテンの隙間から差し込む光の眩《まぶ》しさに、目を覚ます。桔梗と手をつないだまま、いつのまにか寝てしまった。疲れていたのだろうか。時計を見れば九時を過ぎていた。休日とはいえ、随分と寝てしまった。

「あれ？　マイちゃん、もう起きたの？」

ずるずるとベッドから起き上がり、洗面台に行って顔を洗っていると、壁から桔梗が現れた。

「どわっ」

寝起きに『壁抜け美少女』は、心臓に悪い。いくら、昨日一晩お世話になった恩があるにしても、平常心で対応できるほど私の精神は図太くはない。

「もっと寝ていても良かったのに」

桔梗は驚愕した私を気にした様子もなく、優しく微笑む。

「昨日はずっとついていてくれてありがとう」

私は素直に頭を下げた。

「いいのよ。私、人間じゃないから、別に睡眠とか要らないし」

「……この前、ベッドで寝ていなかった？」

「要らないけど、寝転ぶと休憩している気分になるのよね」

桔梗は、いたずらっぽく笑った。

「如月さんはもう起きていらっしゃるの？　今日の午前中に相談に乗っていただけるって

話だったけど」

「ん？　じゃあ、起こしてくるわ。なんか夜中まで起きていたみたいだから、放置しておくと、午前がなくなりそうだし」

桔梗は、まるで世話焼き女房のようなセリフを吐く。式神にしては、人間臭すぎる。

「さて。朝ごはん作るかな」

大きく伸びをしたところで、桔梗と目があった。なにか目が訴えているように見えた。

「ん？　ホットケーキしかないけど、桔梗も食べたい？」

「マイちゃん！」

桔梗が私に抱き付いてきた。

「え？」

ゆっくり、私から身を離すと、桔梗は本当に嬉《うれ》しそうな顔をしている。

「料理を作ることはあっても、作ってもらえるなんて、夢みたい！」

夢って。式神は夢を見るのだろうか。まあ、アンドロイドさんでも電気羊さんの夢を見るかもしれないので、式神さんだって、見るのかもね。

「いや、でも、ほんとに、ホットケーキしかないよ？」

「ん？　マイちゃんが作ってくれるなら、なんでもいいわ」

幸せそうに笑う桔梗。すごくかわいい。もう、うちを控室にしてくれてもいいや、って気分になってきた。

「あ、よかったら、ついでに悟さまにも作ってもらえるかな？」

「べ、別にいいけど、ホットケーキしかないよ？」

私の言葉を聞いているのか聞いていないのか、「じゃあ、行ってくる」と、桔梗が壁を抜けていった。

なかなかにシュールな光景である。しかし、だんだんと慣れていく自分が怖い。

「うーん。如月悟に食べてもらえるような料理では、ないんだけどなあ」

和風でも洋風でも構わないけど、小説に出てくるゲストヒロインたちなら、素晴らしく美味《おい》しそうな朝食を作るに違いない。

手早く身支度を整えると、ホットケーキミックスを棚から引っ張り出す。

冷蔵庫には、牛乳と卵。だけ、である。

背景キャラが、珍しくも主人公さまに手料理を振る舞うという、ほぼ奇跡に近い瞬間なのに、オシャレ朝食を作る材料はどこにもなかった。さすが、私！　と、つい思ってしまう。ようするに、身の程をわきまえた冷蔵庫なのだ。主人公の胃袋をゲットするような料理の腕（もともとそんなものはないけれど）を発揮するための材料もないらしい。

「人間、高望みをしてはいけないってことよね」

間違っても背景キャラの職分を越えてはいけないと自分を戒めながら、私はホットケーキを焼くことに集中した。

ピンポーン

「はーい」

呼び鈴の音がしたので、私は慌てて玄関のドアを開ける。

てっきり如月だと思ったら、とてもきれいな女性が立っていた。

誰だっけ？

見覚えはあるような、ないような。ふんわりとウェーブのかかったセミロングの髪。少しきつめの目元。柔らかそうな唇。

「あの、私、七〇二の雪野と申します。明日、引っ越すことになりましたのでご挨拶《あいさつ》にあがりました」

「あ、はい。ご丁寧にありがとうございます」

反射的に頭を下げながら、私は混乱する。

雪野って、雪野さやか？　ゲストヒロイン様？　引っ越しってどういうことなのだろうか。

「今までお世話になりました。明日はお騒がせしてご迷惑をおかけすると思いますが、よろしくお願いいたします」

差し出された菓子折りを受け取る。

「あ、いえ。こちらこそお世話になりました。あの。どちらへお引越しですか？」

社交辞令で返しながら、動揺する自分を必死で抑える。

「隣の県へ行くことになりました……その、嫁ぐことになりまして」

「おめでとうございます！」

もはや、何が何だかわからない。ひょっとして、雪野といっても別人さんなのかもしれない。

「それでは」

幸せオーラを醸し出しながら、雪野は頭を下げた。

彼女が立ち去ろうとした時、ちょうど隣の部屋から出てきた如月がやってきた。

私の家の玄関前の通路で、二人は会釈をしあう。

私は思わず息をのんで見守るが、雪野はそのまま階段方面へと歩いていき、如月は目で追うこともなく、私の顔を見て軽く頭を下げた。

「おはようございます。朝食をいただけるって聞いて」

「え、ええ。何もありませんが、どうぞ」

雪野のことがすっきりしないまま、私は如月を部屋に迎え入れた。

如月と会ってもスルーしているようにみえたし、やっぱり、先ほどの雪野はヒロインである雪野さやかじゃなかったのか？

そもそも、このタイミングで隣県に嫁ぐって時点で、小説の雪野さやかではない。

「あ、そちらの方に座って下さい」

食卓テーブルは三人で座るには小さいので、リビング側のラグの上に折りたたみテーブルと座布団を出した。

座布団に座って、ホットケーキってどうよ？

つっこみどころ満載だなあと、自分で呆《あき》れる。

「マイちゃん、お邪魔しますねー」

如月は玄関から入ってきたが、桔梗はまた壁から部屋に入ってきた。

「飲み物は何にします？」

「悟さまはコーヒーよね？　私は番茶が良いな」

リクエストに応《こた》えて、コーヒーと番茶を用意し、テーブルに並べる。

いろいろ和洋混在したテーブルの上はなかなかにカオスで、好意的に見れば家庭的と言えなくもない。

「メープルシロップとジャムを各種、それからバターを用意したので、好きなものをかけてください」

「これ、輸入品？」

如月がメープルシロップを手にする。ラベルに日本語表記がないからだろう。

「あ、それ、会社の人にカナダ土産にもらったものです」

「へえ、本場のやつだね」

嬉しそうに、如月がホットケーキにメープルシロップを回しかける。

「このりんごジャム、美味しい！」

「あ、それ、長野土産にもらったの。美味しいよね」

私が答えると、桔梗が苦笑した。

「マイちゃん、お土産は消えもの派？」

「別に私がリクエストしたわけじゃないけど、定番でしょ」

事務担当の職員はそれほど多くないので、休むときはお互いに気を遣う。饅頭《まんじゅう》ひとつで済ませにくいのだ。とはいえ、残るものは相手の好みがわからないと難しいから、自然と消えものが多くなる。

「ああ、これ、本当に美味しい」

如月がメープルシロップをドバドバかけたホットケーキを幸せそうに噛《か》みしめる。

相当な甘党だ。

私は、如月のホットケーキからトロリと滴るシロップを茫然《ぼうぜん》と見つめる。

別段、甘党だろうが、辛党だろうが、如月の端整な顔に変化があるわけでもない。しかも味の好みは人それぞれ自由だ。

しかし。今や同年齢とはいえ、私（鈴木）にとって、如月は十七のころから、見上げるように憧《あこが》れていた『大人』の男性だ。

如月が無邪気な様子でホットケーキを食べる姿は、想像もつかなかった。

「そんなにお気に召したのなら、それ、差し上げましょうか？」

私の言葉に、如月は目を丸くした。

「いいの？　でも、お土産だよね？」

「半分は使っていますし……如月さんには助けていただきましたから」

他人からもらったメープルシロップ（しかも開封済み）を、命を救ってもらったお礼に渡すなんて、いろんな意味で問題ありな気もしなくもないけれど。

「昨日のことなら気にしなくていいよ。俺の仕事だから」

如月はニコリと笑った。

「ああいった異形の者を倒す、秘密機関の人間だから」

「……秘密機関って、そんなに簡単にバラしちゃダメでは？」

つい、突っ込んでしまった。すると、如月は「平気さ」と微笑みながら、

「田中さんは異形に好かれやすいから、これからもお付き合いありそうだし」

不吉なことを確信ありげに断言する。

「昨日も仰《おつしや》っていたけど、それ、どういう意味ですか？」

私は嫌な予感満載状態で、如月の顔を見た。

「田中さんは、もともと『霊的魅力が高い』ひとだ。異界の酷似した魂と同化したことによって、さらに魅力が跳ね上がった」

なんだ、その霊的魅力って。

「わかりやすく言うとね、マイちゃんは今、妖魔《ようま》や幽霊から見たら『伝説クラスの美女』なの」

桔梗が、横からそう説明してくれた。

って。

妖魔や幽霊限定って。そんな美しさ、欲しくないし、嬉《うれ》しくもない。

私は頭を振った。

「あの。それで私、どうやったら帰れますか？」

「君の場合、そもそも、魂の分離が難しそうだ」

如月は私をじっと見ながらそう言った。

「普通は、二つの魂が重なった場合、どちらか一方が吸収してしまう。そうでない場合は、一方が身体から弾《はじ》かれる」

すっと、如月の手が私の額に伸びた。

硬く温かい手が、額に触れる。

「これほどまでに、双方の意識が同調しあう例は初めて見たよ。だからこそ、霊的魅力も霊力も跳ね上がった」

如月は、ポンと軽く指で私の額を叩《たた》くようにして、手を離した。

「昨日より更に霊力が高まっている――同化が進行すればするほど力が跳ね上がっていくみたいだ」

　ふうっと、如月は息をついた。

「同化って？」

「君たちが、同じことを体験して、感じることで魂は混じりあっていく。強い刺激を受ければ受けるほど、君たちは一つになっていくと思われる」

　つまり、昨日みたいに怖い想いをすれば、そのぶん私達は、一人の私になっていく、ということなのだろうか。

「普通の人間が異界を渡る方法は、異界渡りとともに越えるか、界弾きに巻き込まれるという方法しか、俺は知らない……どちらも、命の保証はできない」

　界弾き。

　その言葉は、小説で読んで知っている。この世界と並行する他の世界をつないで吹き荒れる嵐のことだ。

　人の魂や妖魔の類《たぐい》を、異界へ弾いたり、とりこんだりする。異界渡りの死霊の塊であるという説もあるが、原因もいつ起こるかも不明である。界弾きが起こると、各地で原因不明の災害が起こりやすい。

「どちらもあまり嬉しくないですね」

　私は首を振った。なんか、諦《あきら》めたほうが良いような気もしてきた。待っている家族もいないし、恋人がいる訳でもない。もちろん、私がいなくなれば、泣いてくれる友人もいると思う。職場にも迷惑がかかる。だが、残念ながら、私がいなくて困るということはないだろう。

諦めて、こっちで背景キャラとして、頑張るしかないのかもしれない。帰るためになにか行動すると、あっさり死にそうな気がする。結局、どちらの世界にいても、どちらのマイも、背景的その他大勢の人間であることに、変わりはない。

「それにしても、異界から来た子？　すごくこの世界、詳しいよね？」

桔梗が私の方を見て、首を傾げた。

「私のこと、式神だってすぐにわかったし」

「えっと」

小説のことって、話していいものだろうかと、ちょっと迷う。

ただ、私の知っている世界と酷似しているだけで、実際は違うことも多そうだ。でも被害とかが小さくなるなら、そのほうが良いだろうと思い、違う可能性も示唆しながら、大まかに知っていることを説明した。

ただし、人の名前と場所の名前は伏せた。変な先入観を植え付けてもよくない。

あと、如月とゲストヒロインたちの恋愛の話も黙っておくことにした。色恋は自然の成り行きで本人たちの気持ちがなければ、うまくいかないだろう。もちろんファンとしてはガッツリ見守る（覗《のぞ》く？）つもりだけど。

「それで、だいたいはわかったけど、その小説でマイちゃんは、どういう役なの？」

桔梗が不思議そうな目をしている。説明に私の名が、一切でてこなかったからだろう。

「私はただの隣人」

正直に答えたのに、桔梗は不服そうに口をとがらす。

「こんなに霊的魅力あふれるマイちゃんが、隣人って、その作者、おかしいわ」

「いや、私、隣人で十分だけど」

だいたい、妖魔にモテる女って役割、嬉しくない。

「私が作者なら、悟さまとマイちゃんがコンビを組んで、妖魔退治する話にするけどなあ」

「……誰も、そんな話、喜びません」

ふーっと私はため息をつき、コーヒーを飲みほす。

「田中さんは、俺とコンビを組むのは嫌なの？」

くすり、と如月が笑う。

「グ?!」

思わず、口にしたものを噴くかと思った。心臓がマンガみたいに跳ね上がりそうだ。

「そういう問題じゃないです！　私のような凡庸な人間をからかわないでください」

「マイちゃんは、凡庸じゃないって」

桔梗が抗議する。そりゃあ、桔梗も『人外』だから、私が伝説級の人物に見えるのかもしれないけど。

「凡庸な人間は、とっさに九字を切ったりしない」

如月が実に痛いところを指摘する。

「え？　えーと。あれはできるとは思っていなかったのですけども……」

『闇の慟哭』のファンなら九字の切り方なんて常識です！

嘘です。ごめんなさい。ファンなんて生易しいものでなくて、私、マニアでしたから。

「とりあえず、田中さんは俺の業界でいう『一般人』ではない」

如月はそう断言して、自分の携帯を取り出した。

「連絡先を教えておくから、何かあったら報告して」

連絡、じゃなく、報告。なんとなく、自分の立ち位置が気になる言葉のチョイスだ。

「でも、もう何もないと思いますよ？」

正直、主人公さまの連絡先もとい、報告先ゲットはとても嬉しいが、意味もなくご報告申し上げることができるほど、強心臓ではない。さらに言えば、ご報告差し上げるような事態は、極力ご遠慮したい。私は、名実ともに背景キャラで構わないのである。

「さっきも言ったけれど、それはないと思う。残念だけど」

及び腰な態度の私を面白そうに如月は見つめた。

「君には才能がある。何より豪胆だ」

「へ？」

「霊力があって、知識があっても、なかなか九字を切ることはできないものだ」

いや。高く評価していただいても。私的には、単純に厨二病《ちゅうに》を拗《こじ》らせているだけ、という方に一万ドルなのですけど。

「あれほど怖い思いをしたというのに、俺にずっと守ってほしいとは言わないし」

「別に、自分に自信があるから、というわけではないですよ？」

私は苦笑する。

異界渡りが狙うのは、本来、私ではないはずだし、そもそも主人公さまにずっと守ってもらえるような畏《おそ》れ多い立場ではない。

「如月さんには、私以外にも守らなくてはいけない人がいるということを、知っているだけです」

そう。先ほどの雪野が雪野さやかかどうかは、別としても。

如月が、小説の如月悟と同じだというのであれば、彼にしか救えない人はたくさんいるはずだ。

「たくさんの人の笑顔を守っていらっしゃる人を、独り占めするわけにはいきません」

如月の目が一瞬、大きく見開かれた。

そんな風に言われたことは、なかったのかもしれない。もっとも、女性なら彼の傍にいたいと思ってしまうのは、ある意味仕方がないとは思う。

私だって、そうできるなら、そうしたいけど。人間、分をわきまえるべきである。

「マイちゃん、今日はこの後どうするの？」

「美容院に行って、髪の毛切って、スーパーに買い出し」

「遅くならないようにしないとダメだよ？」

桔梗はとても心配そうに私を見た。

「そうだな……たぶん、異界渡りに目をつけられているだろうし」

如月の言葉に、ドキリとする。

いや、でも、だって、これ以上私がメインストーリーに登場するのは、どう考えてもオーバーワーク。

荷が重すぎです。

「でも、異界渡りさんだって、もっと美人を襲いたくなるかも？」

「だから、マイちゃんは、妖魔《ようま》にとっては絶世の美女なの！」

「その注釈つきの美人、全然、嬉しくない」

私は大きくため息をついた。


「えっと。思い切ったイメチェンをしたいのですが」

美容院で、私はそう言った。

馴染《なじ》みの美容院であるが、私は、普段から美容師を指名したりしないこともあって、誰も私の顔を覚えていてくれたりはしない。いつもは、無難に、その時の気分で適当に切ってもらうのだが、今日はイメチェン疑惑を逆手にとって、本当にイメチェンしてやるつもりだから、生まれて初めて、美容師さんにお任せという注文をしてみた。

現在の私の髪は、セミロング。何の変哲もない、肩までのストレートだ。

「えっと。どっち方向にイメチェンしたい？　悪女っぽくとか、デキル女系とか」

私の凡庸な顔を見ながら、茶髪で二枚目な美容師さんが困った顔をしている。無理難題をふっかけてしまったことに申し訳ない気持ちになった。

「色っぽい感じにできますか？」

試しにお願いしてみた。言ってすぐ、恥ずかしくなって「無理ならいいです」と呟《つぶや》く。

「了解。今はどちらかというと清楚《せいそ》系だものね。ちょっと大人の女って感じにしようか」

ニコリと、美容師さんは営業スマイルで答える。

現在の私が清楚系とは知らなかった。地味イコール清楚と変換できるとは、美容師さんはお世辞がとてもうまい。

そもそも、私、既にもういい大人だけど、大人の女って感じって、どういう意味だろう。

今、大人の女に見えないって言われたってことなのだろうか。

「イメチェンって、やっぱり恋がらみ？」

美容師さんがにこやかに笑う。

「ええ、まあ」

面倒なので、適当に頷《うなず》く。イメチェン疑惑をもたれるのが面倒だと言っても理解されないだろうし。

「どっち？」

ん？　どっちとは？　私は首を傾げた。

「失恋？　それとも、その反対？」

「はあ」

困ったな、と思う。具体的にそういった設定も必要なの？　会社に行くまでに詰めとくべき案件なのだろうか、と考える。

「えっと。男縁があまりにもないので……」

私は苦笑した。面倒なので、美容師さん相手にはそういう設定にしておこう。別に嘘ではない。

「じゃあ、気に入った髪型にできたら、僕も候補に入れてよ？」

「お上手ですね」

美容師さんのサービストークをにっこり笑顔で返す。このひと、毎日何人の女の子に、こんな口説き文句を言っているのだろう？　つくづく、接客業って大変だなあと思う。

「僕、本気ですよ？」

くすくすと笑いながら、美容師さんは私の髪にパーマをかけたり、ハサミを入れていったりした。

美容師さんはトークがとてもうまい。自分がヒロインになったかのような気分を味わいながら、私はイメチェン過程を楽しんだ。トークだけでなく腕も確かだったようで「いかがですか」と言われた後、鏡の向こうの私は随分と変わっていた。

あくまでも当社比であるが、髪が短くなったことで、首筋のラインが色っぽく見える気がする。

「どうかな？」

自信たっぷりに美容師さんは私を見た。間違いなく、彼はいい仕事をしたと思う。

「びっくりしました。素敵です。ありがとうございます」

私は頭を下げた。

「約束は？」

美容師さんは微笑みながら、名前の書かれた名刺をくれた。

「はい。次回は指名させていただきます、村木《むらき》さん」

村木さんはちょっとだけ苦笑して、「またね」と言った。


美容院を出ると、スーパーに向かう。髪を切ったので、首筋が少しスースーする。

時刻は四時前くらい。買い物をしても、まだ明るいうちに家に帰れるなあと計算して、店内に入った。

買い物が終わり、ふと出口を見ると、ロールケーキの人気店が出張販売をしている。

ふんわりとした生地にたっぷりのクリームが入ったもので、確か、地元のテレビ番組とかでも取り上げられたことがある。そういえば、熊田がお客さんにもらったとかで、事務所のみんなで食べたけど、とても美味《おい》しかった。

「ロールケーキか……」

一人暮らしだと、なかなか食べきれないから買って帰るのは難しいのだけど、と思いながら、ふと、今朝の如月の姿を思い出す。相当の甘党さんだった。命を救ってもらっておいて、お礼が開封済みメープルシロップでは、さすがに社会人として申し訳ない。

如月も同じ一人暮らしではあるが、いざとなれば会社に持っていく方法だってある。

私はケーキを一本買い求めた。迷惑そうだったら、冷凍しておいて、自分で食べればいい。

ついでに、隣の本屋に入り、文庫本の棚を見た。田中には馴染みの本だが、鈴木には、見たこともない本がある。ただ、有名どころの本というのは、不思議と共通しているようだ。

ひょっとしたら、私（鈴木）の世界が舞台の本もあったりして。

あるかもしれないけど、私（鈴木）は、田中と違って、完全に背景だからなあと思う。

少なくとも、如月みたいなカッコイイ隣人はいなかったし。

『そう考えるとすごいわ、田中。名前も、セリフもあるし』

『いやいや、それほどでも……』

と、脳内で阿呆《あほう》な会話を繰り広げ、家路へと向かう。一週間分の食料が入ったエコバッグの持ち手が肩にくいこむ。

買いすぎたようだ。

今朝、何もない冷蔵庫で哀しい思いをしたので、つい余分に買ってしまった。如月に料理をおふるまいするなど、もう二度とないと思っているのに、我ながら未練がましい。

黄昏《たそがれ》時の商店街を抜け、街灯の灯《とも》り始めた人の気配がない公園をつっきることにした。

この公園を抜ければ家はもうすぐだ。

公園は街灯が灯っていて決して暗くはない。ただ、街路樹のせいで、にぎやかな喧騒《けんそう》から隔離されているような気分になる場所だ。別段、夜景が有名な公園ではないので、子供たちがいなくなればしんと静まり返ってしまう。

人のいない公園は、まるで、時が止まってしまった世界のようである。

「待っていましたよ」

誰もいなかったはずのジャングルジムの上から、ふわっと、男が私の前に飛び降りた。重力を感じさせないほど、軽やかな着地。

ゾクリ、と背筋が冷える。ざくっと後ろ足に体重をのせ振り返ると何かがクワッと口を開け私を見上げた。中型犬に似ているが、明らかに犬ではない。銀色の眼、大きすぎる口。闇色の肌は、ぬめぬめと光を反射している。開いた口から、ポタリポタリとよだれが垂れた。

私は後ろ足にのせた体重を前に戻し、男を見る。

昨日の男だ。ニタリ、と嗤《わら》っている。

「な、何のご用でしょうか？」

私の背中に、冷や汗が流れる。心臓が凍るような感覚。

男は忍び笑いをした。

「はるばる、異界までお迎えに行ったのに、わが君はなんとつれない」

私は、前と後ろの間合を測る。どちらに逃げるべきか、必死で考えた。

「連れてきて、なんて頼んだ覚えはないわ」

私は唇を噛《か》む。

男は舌なめずりをしながら、距離を詰め始めた。

逃げたいけれど、下手に動くと、背後の獣が私にとびかかってきそうだ。

「何と美しい。今すぐ、私とひとつになりましょう」

男の手が伸びてくる。とっさにエコバッグを後ろの獣に投げつけて、その隙に獣の横を駆け抜けた。

バラバラとエコバッグの中身が散乱したが、獣も男も気にした様子はない。

ほんの少しだけ、距離を稼いでおいて、刀印を結ぶ。

臨・兵・闘・者・皆・陣・列・在・前

薄暗闇に、私の描いた格子模様が鈍く光る。

光は、獣を通り抜けるように走り、闇に溶けた。

獣の咆哮《ほうこう》が公園中に響き渡る。

一拍遅れて。

「ひゃっほー。マイちゃん、すごーい」

私を庇《かば》うように、桔梗が突然宙から現れた。

「き、桔梗！」

助けに来てくれたのだろうけれど、心臓に悪い。

「じきに悟さまが来るわ。それまで、凌《しの》いで」

彼女は言いながら、帯の飾り紐《ひも》をほどく。飾り紐は宙で一度しなりながら光ると、銀色の太刀に変化した。

傷を負った獣が桔梗に躍りかかる。

桔梗は、軽やかに身をかわしながら獣を翻弄《ほんろう》する。

「クソっ」

男は軽く悪態をついた。その声に振り返った私の目の前で、闇の中へと溶けるように消えた。

「え？」

次の瞬間、すっと背後から私の身体が抱きすくめられた。

全身に恐怖が走る。肌が粟立《あわだ》ち、血の気が引いた。

「放して！」

抗《あらが》おうとしたが、私の身体は、男の手だけでなく、纏《まと》わりつくような黒い闇に縛られていく。

「素直に、私のものになりなさい」

男に耳元で囁《ささや》かれる。生暖かい男の息を耳元に感じた。ゾッとするような悪寒が全身に走る。

おぞましさと、締め付けられる苦しさで吐き気がした。

「イヤ……」

息苦しいほどの嫌悪感。私は必死で男を振りほどこうとする。手で、懸命に刀印を結ぼうとするが、うまくいかない。

「臨・兵・闘・者・皆・陣・列・在・前」

テノールの声があたりに響き渡った。

眩《まぶ》しい光が周囲を照らし、男の絶叫とともに強い力が私の中を駆け抜けていく。

「麻衣さん……愛して……」

拘束がゆるみ、振り返った私の目を見つめて、男が囁いた。

「え？」

光の中に男と黒い闇が溶けていく。私も眩しい光に目がくらみ、世界が遠くなって……

意識を失った。

「悟さまってば、マイちゃんに向かって九字を切るなんて酷《ひど》いわ」

気が付くと、私は自分の部屋で寝ていた。

「しかし、あの時はとっさのことで……」

「マイちゃんは、まだ魂が馴染《なじ》みきっていないのよ。いっしょに吹き飛んじゃう可能性だってあるのに」

桔梗が憤慨している。どうやら、私のことで怒ってくれているらしい。

「異界渡りをひっぺがしてからだって、十分間に合ったはずなのに」

ぶつぶつと桔梗が文句を言っている。

私は、体をゆっくり起こした。

「あ、マイちゃん！」

桔梗が、私に気が付いて、飛びついてきた。

「よかったー。もう、悟さまのバカが、ヘマをしてごめんね」

「はい？」

言っている意味がわからず、私がキョトンとすると、傍らに立っていた如月が真剣な表情で、無事でよかったと呟《つぶや》いた。

「すみません。また、助けてもらって、しかも家まで運んでいただいたのですね」

本当に申し訳ない気持ちでいっぱいになる。

「マイちゃん、何言っているの？　そんなの悟さまの」

言いかけた言葉が終わらぬうちに、パチンと如月の指が鳴らされ、桔梗の姿が掻《か》き消えた。

「……あいつがいると煩《うるさ》くていかん」

ボソリと、言い訳めいた口調で呟き如月は肩をすくめる。

「散らばっていたものは一応、拾って持ってきておいた。卵は割れてしまっていたが……」

よくみれば、食卓テーブルの上に私のエコバッグが置いてある。

「ありがとうございます」

私は頭を下げた。私を運ぶだけでも大変だっただろうに、気を遣わせてしまったなあと思う。

「それから、確認したいのだが……これは、君だね？」

如月は一枚の絵を差し出した。

「これは……」

多少美化が激しい気もするが、そこに描かれていたのは、この世界にはいないはずの鈴木麻衣の顔だった。

「異界渡りに取り込まれた男は、里浦《さとうら》という。奴は、絵描きでね。家を調べたら、この女性の絵が山ほど出てきた」

そういえば、彼は「鈴木麻衣」と私を呼んだ。

絵を手に取る。とても、愛情を込めて描いてもらった絵だとわかる。優しさのにじみ出るその筆致に、彼の最期の言葉は心からの告白だったことに気づいた。

「この世界には、覗き屋《ピーピング》と呼ばれる能力を持つ人間がいる。その技能を持った人間の多くが絵描きだったり小説家だったりするのだが……その技能を持った人間は異世界を覗く力を持っていると言われている」

「異世界を覗く?」

「ああ。おそらく里浦は、覗き屋の技能持ちだった。そこで君に会い、君に恋をした……」

妖魔《ようま》の類《たぐい》には私が美人に見えるそうだから、異界から覗いた私は、補正がかかって美人に見えたのかもしれないなあと、美化された似顔絵を見ながら苦笑した。

「異界渡りを呼ぶ儀式を行った痕跡《こんせき》が部屋で発見された。奴は、君を追いかけて異界へと渡ったようだ」

なんだかなあ。と思う。実際に同じ世界に住んでいたら、気にも留めないような女だっただろうに。こんな私に、妖魔の手を借りてまで、会いに来るなんて。

そう思うと、里浦が気の毒で涙が出てきた。

「泣いているの？」

不思議そうに、如月が私の顔を覗きこむ。

「はい。だって、私のような女の為に人間捨ててまで会いに来てくれたなんて。実際、人間として会ったら、きっとガッカリさせちゃったと思うけど」

霊的魅力補正って残酷ですね、といいながら、私は肩をすくめた。

「それに。馬鹿だなあって思うけど、そこまで想ってもらったのに、私、恐がるだけで……向こうの世界でそんなふうに男性に想われたことなんてなかったのに……彼に申し訳なくって」

気持ちが高ぶって、涙が止まらなくなった。

「君は不思議な人だ」

如月が、そっとハンカチを差し出した。

「君が気にすることは何もない。どんなに恋い焦がれたとしても、妖魔の手を借りたのは里浦自身が選んだことだ。それに、そんなに卑下をしなくても、君は十分魅力的だ」

「……ありがとうございます」

ハンカチを受け取って、涙をぬぐう。

「異界渡りは倒した。申し訳ないが、しばらく君は田中舞さんと一緒に生きていくしかない」

「はい」

私は小さく頷《うなず》く。

もっとクールで陰のある孤高な人間を想像していたけれど、如月は優しくて紳士だ。意外に甘党だし、なんか、思ったより親しみが持てる人だと思う。

「あっ」

突然、ロールケーキのことを思い出して、私は慌ててエコバッグの中を見る。

ものの見事に、ケーキの入った箱はひしゃげており、中のものはつぶれていた。

「どうした？」

如月が不思議そうな目を私に向ける。

「……ロールケーキがつぶれちゃって」

私はつぶれた箱を如月に見せながら、肩をすくめた。

「如月さんにお礼に差し上げるつもりだったのですけど」

もちろん、つぶれたケーキだって、美味《おい》しいことには違いないけど。

「じゃあ、今から一緒に食べようか」

「へ？」

「形がいびつでも味は変わらないし。俺も一人暮らしだから、一人じゃ食べきれない」

如月が優しく微笑する。

その笑顔は、麻衣が想像していたより、何倍も素敵な笑顔だった。

第二章　血の芸術

カランカランカラン
商店街のおじさんが高らかに鐘を鳴らした。

「一等、ムーンライトホテルペアお食事券、ご当選、おめでとうございます！」

福引の抽選会場で、私は人々の注目の的となり、恥ずかしさのあまり顔が赤くなる。

小説の世界へ来て四日目の、日曜日の午後のことである。

昨日、買った食料品の一部が、そのままゴミ箱行きになるという不幸な事件があったので、今日も買い出しにやってきたのである。

ムーンライトホテルペアお食事券、ね。

私は、当選したチケットを受け取りながら、小説の一場面を思い出す。


「おでかけですか？」

如月《きさらぎ》は同じエレベーターに乗り込んだ隣人の田中《たなか》に声をかけた。随分めかしこんでいる。

「はい。ムーンライトホテルのレストランの食事券が当たりまして」

にこやかに田中は微笑む。いつになく表情が柔らかだ。

「月白《つきしろ》の辺りは、最近なにかと物騒だそうですから、気をつけてくださいね」

昨日の報告を思い出しながら、如月はそう言って微笑んだ。


『血の芸術』、冒頭だよ。

私は受け取ったチケットを手に、人ごみを避けるように、喫茶店に入った。

とりあえず、頭の中を整理しなくては、と思う。

次の話である『血の芸術』は、月白という高台にある閑静な住宅街でおこる、連続殺人事件である。

ゲストヒロインは、ムーンライトホテルの支配人の娘『月島薫《つきしまかおる》』。事件は、ムーンライトホテル近くの洋館に住む画家『亜門《あもん》』に『妄執』という名の妖魔がとりついたことでおこる。『神女』の絵を描くために、本物の『赤』を追い求め、画家は、夜な夜な殺りくを繰り返し、若い女の血を搾り取るのだ。

やばい。

運ばれてきたアイスコーヒーを口にしながら、私は震えた。

『異界渡り』は随分と話が変形していたが、それでも『異界渡り』は出現し、ヒロインではなく、なぜか私にストーキングをしたものの、如月に退治された。

と、いうことは『血の芸術』も、多少のストーリー変更はあるかもしれないが、『妄執』による事件がおこる可能性は高い。

ちなみに、この話の田中の出番は、冒頭近くのエレベーターでの如月との会話だけだ。

どうしよう？　フラグは立てたほうが良いの？　折ったほうが正解？

あのシーンの意味は、如月が月白の事件を追っていくときに『ムーンライトホテル』を意識するきっかけである。ムーンライトホテルのロビーには『亜門』の絵が飾ってあり、亜門の神女として描かれるのが、月島薫嬢なのだ。

小説的にはあのシーンがなければ、『ムーンライトホテル』に足を向けるのが遅くなるのだが、実際にはどうなのだろう？　少なくとも、私のシーンがあろうがなかろうが、事件は進行するとは思うのだが。

私は、当選したチケットをもう一度確認した。

『ペアご招待』とある。

フラグを立てるためには、私は誰か誘って、しかも、おでかけの時間にエレベーターで如月と乗り合わせなくてはならない。

二重に面倒な話だ。

めかしこんで、いつになく柔らかな表情って、デートだよ！　デート！

相手は誰だよ、田中？　つい、突っ込みたくなる。

「相席、大丈夫？」

低く柔らかな男性の声がした。

「あ、どうぞ」

反射的に応《こた》えて、ふと、周りを見回す。昼下がりの喫茶店は、ガラガラというわけではないが、別段、空席がないわけではない。

「俺、コーヒーね」

男は店員に注文すると、面白そうに私を見ている。

年は三十手前。少しニヒルな感じのする端整な顔立ち。細くて鋭い切れ長の目。

短い髪はやや焦げ茶色だが、染めた感じはしないから地毛なんだろう。スーツ姿が様になっている。

どう考えても知り合いではないし、同席する理由が見当たらない。

「……私、宗教もカルチャースクールも間に合っていますので」

とりあえずそう言って、私は伝票に手を伸ばそうとした。

「どっちも違うよ。田中舞《まい》さん」

くすくすと男は笑った。

名前を呼ばれて、私は思わずギクリとする。

「ナンパされるって発想はないらしいね。君は」

面白そうに男は私を見た。バリトンのあまりに素敵な声に、思わずキュンとする。

「俺は、柳田瞬《やなぎだしゅん》。如月の同僚だよ」

「はあ」

私はマヌケに返事をした。

柳田瞬は、小説にも出てきた如月の相棒である。クールで堅物な如月と対比して、少し軽薄な言動が多いが、例によって暗い影を背負っていて実は寂しがり屋の一面を持つ『女性の心をわし掴《づか》み』にするキャラクターだ。確か、某ホームページの人気投票では、僅差《きんさ》で如月より上であった。

想像していたより、マジメそうな顔だなあ。

つい、小説のキャラのイメージと比べてしまう。

「えっと。その如月さんの同僚さんが、私に何か御用ですか?」

メインキャラとの初対面にちょっとドキリとしながらも、私は平静を装った。

「君、九字を切ったらしいね」

あっさりとした口調で、柳田は話す。

「如月は、自分がしばらく監視するって言っているけど、野放しってわけにはいかないから、ちょっと面接に来た」

「は、はあ」

私が知らないところで、自分が如月に監視される立場になっていたことに驚く。

九字を切ったといっても、小説知識からのなんちゃって九字だし、効力はそんなになかったみたいだけどなあ、と思う。

「しかし、会ってみて驚いた。マジで霊的魅力が振りきれている」

柳田は感心したように私をジロジロと眺めた。

「君……普通の生活、たぶん出来ないよ？」

不吉なことを、柳田はさらっと口にした。

「それは、妖魔《ようま》とかに好かれちゃうからですか？」

おそるおそるそう聞くと、柳田はゆっくりと頷いた。

「それに、君、霊力が高いしね。できれば、俺たちの仕事に転職すべきだね」

「冗談ですよね？」

私は思わず聞き返す。

妖魔とか霊力とか、まったく無縁の世界で、書類を相手にする仕事をしている私である。まさか、そんな畑違いなジャンルからヘッドハンティングされることがあるとは、驚きだ。

「まあ、考えておいてくれよ。これ、俺の連絡先。如月経由でもいいけどな」

柳田が名刺を私の目の前に置くと、ちょうど彼のコーヒーが運ばれてきた。

私は名刺を確認する。『防魔《ぼうま》調査室《ちょうさしつ》』とある。本物である。

ということは、小説に出てきた登場人物全員実在するのね……と、つい現実逃避。小説の中だと、防魔調査室は美形揃いだった。そんなところにお勤めしたら、毎日眼福を得られるのは間違いない。間違いないけど、第一線で妖魔と戦わないといけない。正直、そんなのは無理だ。

遠くから観賞したい職場ではあるけれど、お勤めしたい職場では断じてない。

「ところで、君、暇？」

急に口調が軽くなったのに驚いて視線を向けると、柳田がバチンとウインクをした。

こんな間近で、美形にウインクされたことはない。心臓が飛び出るかと思った。

「へ？」

「俺とデートしようか」

バリトンボイスの誘い文句は心臓に悪い。自分の顔に熱が集まるのを意識した。

柳田は楽しそうに、私の顔を見ている。どうやら、遊ばれているらしい。

「からかわないでください……」

ようやく、それだけ口にする。

「真面目だね」

さりげなく手をのばし、柳田は私の伝票を取り上げた。

「あ、これ、経費だから」

彼はすっと立ち上がった。行動がいちいちスマートだ。小説同様、女性にモテるに違いない。

「デートは本気だからね。またね、マイちゃん」

にっこりとさりげなく名前呼びして、柳田は帰っていった。

私は、バリトンボイスの攻撃に心臓を痛めつけられ、しばらく椅子から動けずにいた。

久しぶりに何事もなく、家に帰ることができた。

私は、柳田からもらった名刺と、当選したチケットを食卓テーブルの上に置き、じっと眺める。

そもそも、原作通りに演出しなくても、『ムーンライトホテル』というキーワードを如月に提供すればいいのだ。

事件の概要はこの前、大まかに話したが、もう少し詳しく話したほうが良いかもしれない。連続殺人事件なんて、起こらないに越したことはないのだ。出番とかフラグとか、難しく考えない方がいい。

それにしても、このチケット、どうしよう。

もし、鈴木麻衣《すずきまい》と一緒になる前の田中舞だとしたら、誘うのは誰だろう。

一番は、同期の熊田《くまだ》。熊田は、食欲旺盛《おうせい》なので、誘えば一緒に行ってくれるかもしれないと思ったが、営業なので付き合いも多く、それなりに忙しそうだ。

そうなると、疎遠ぎみの友人の恵《めぐみ》？　会えれば懐かしくて嬉《うれ》しいけれども。現在、恵は一児の母で妊娠中。しかも隣県に住んでいる。都内のディナーは、ちょっと厳しそうだ。

『俺とデートしようか』

不意に、バリトンボイスが脳裏によみがえる。

いや、それはない。だめだよ。隣人の職分、越えちゃっている！　しかも、柳田は隣人ですらないし。

畏れ多くも柳田瞬の顔を思い浮かべるなんて、一瞬でも考えた自分の図々《ずうずう》しさが怖い。

「どうして難しい顔しているの？」

背後から突然覗《のぞ》きこむように、桔梗《ききょう》の声がした。

「どわっ」

相変わらず、心臓に悪い。

桔梗は、私の反応を全く気にせず、私の手元のチケットを見た。

「わー、ホテルのお食事券！」

声が弾んでいる。いや、桔梗と行ければ、私も嬉しいけどね。

残念ながら桔梗は、人間じゃないから行けないけど。

「商店街の福引で当たったの。どうしようかなーって思ってさ」

私は肩をすくめた。

「なんで？　行けばいいのに」

桔梗がキョトンと私を見返す。

「だって」

私は、桔梗にこれが小説で読んだフラグであることを説明した。

「ふうん、マイちゃんがデートに出かける日に、悟《さとる》さまと偶然会うって冒頭なのね」

「そ。なかなか、タイミング、難しそうでしょ？　それに、下手に出かけて、また魔物に会っても困るし」

一番の問題は、誰と行くか、だけど。

「だからさ、このホテル周辺で事件がありそうってことだけ、如月さんがわかっていれば、わざわざ小説のシーンを再現しなくてもいいんじゃないかなーって今、考えていたところなの」

桔梗が小首を傾げた。

「ふうん？　マイちゃん、ちょっと待っていてくれる？」

桔梗はそう言って、すっと姿を消した。

おそらく如月に報告に行ったのだ。

私は、大きく息をつく。

如月が桔梗からムーンライトホテルというキーワードを手に入れたのであれば、もう、これ以上悩む必要はない。

私はよいしょと腰を上げ、久しぶりにゆっくりと風呂《ふろ》に入った。

異世界トリップ四日目にして、おだやかな日常が帰ってきた気がする。

意識をしないと、考えているのが『鈴木』なのか『田中』なのかわからなくなってきた。

ただ、どちらの記憶もくっきりと残っている。

そういえば、異界渡りにとりつかれた里浦《さとうら》は『覗き屋《ピーピング》』という技能で鈴木麻衣と出会ったらしい。と、いうことは『闇《やみ》の慟哭《どうこく》』の作者も『覗き屋』の技能を持っていて、向こうからこっちを覗いていたのかもしれない。

彼が見た時間軸と私の時間軸にズレがあるけれど、彼の見た世界と私のいる世界が同一な結果にならないのは、異界渡りの件でわかっている。

できれば、彼の見た世界ほど事件が大事にならず、しかも私は巻き込まれない形ですぎていけばありがたい。

夕食を軽く済ませ、缶チューハイを飲んでいたら、突然、玄関の呼び鈴がなった。

「はい」

慌てて、玄関の扉を開けると、如月が立っていた。

「桔梗に聞いた件で話があるのだけど……」

彼は言いかけて、私を見ると真っ赤になり、さっと顔をそむけた。

はて？　と思って、自分の姿をかえりみる。

タンクトップに短パン姿である。Ｖ字カットの部分に胸の谷間がくっきり出ていて、しかも……私、ノーブラじゃん！　リラックスモード全開である。目のやり場に困るとは、このことだろう。

「す、すみません！」

私は、慌てて奥に引っ込んで、長そでのシャツを羽織った。

「まさか、如月さんがお見えになるなんて、思わなかったので」

真っ赤になっているのが自分でもわかる。言い訳しながら、座布団を部屋に用意した。

「どうぞ、お入りください」

玄関に戻って如月を見上げる。

「いや、もう遅いからここでいい」

「でも……」

「マイさんは、無防備すぎだ」

如月の口調は怒っているように感じられる。しかも、目を合わせてくれない。

「……すみません」

如月としては、見たくもない私のセクシーショットを見せられて、ドン引きしているのだろう。

「あの……それで？」

私は、シャツのボタンをそっとはめながら如月に話を促した。もう、穴があったら入りたい気分だ。

「ホテルのレストランは、俺が同行しようと思う。そこで事件が起こる可能性があるなら、君は素人と一緒に行くのは危険だ」

「は？」

想像もしていなかった展開に、私はマヌケ顔で如月を見た。

「私は行かずに、チケットだけ如月さんにさし上げても構いませんが？」

つい、口にする。

「君がレストランに出かけることが、事件解決のきっかけになると聞いた」

桔梗ってば、どんなふうに伝言したのだろう、と不安になる。

「ちょ、ちょっと違うと思いますが」

如月の意図がわからない。

「俺と行くのは嫌か？」

「いえ、こ、光栄でございますっ！」

つい反射で、私は叫んでしまった。

「うん。じゃあ、いつ行こうか？」

如月は眩《まぶ》しい笑顔をみせた。


幸いなことに、月白地区で事件はまだ発生していないらしい。

さらに、『亜門』という名の画家は実在していないという話だ。

ただ、ムーンライトホテルの支配人の娘、月島薫嬢は実在する。

私の不確かな情報で『防魔調査室』が大っぴらに動くわけにはいかず、かといって、一致する項目がある以上、無視もできないということで、如月は私と食事に行くことになったらしい。

しかも、早いほうが良いということで、月曜日の夜に早速でかけることになった。

その説明を聞いて、私はやっと腑《ふ》に落ちた。

つまり、如月にとっては、仕事なのだ。

何も起こらなければ、ちょっとした接待みたいなものである。

隣人という立場をちょっと逸脱するかもしれないけれど、町内会の飲み会だと思えば、許される範囲になるかもしれない。……誰の許しを得ねばならないのか、不明だけど。危ない、危ない、と思う。危うく舞い上がりそうだった気持ちを、必死に地に結び付ける。


殺人事件はともかく。月島薫さんと如月は、確か、ひと目で恋に落ちるのよね……。

如月にも、桔梗にも話していない、如月の恋のストーリー。

初めて会った日に、二人はそのまま激しい恋に落ちる。

それがさらに『亜門』の凶行を加速させるのだ。

華やかな主人公である如月が、美しいゲストヒロインと恋に落ちるのは必然で、私のような背景キャラは、それを見守ることだけ許される。わかってはいても、そう思うとなぜか胸が痛い。

とりあえず、如月にとっては『仕事』だ。私はそのお手伝いなのよ……ね。当たり前のことなのに、なぜか、心がざわついた。


翌朝。

私は、無難にベージュのパンツスーツを選んだ。気合を入れすぎて、引かれたくなかったし、期待してもいけないと思った。もっとも、艶《あで》やかなドレスなんて、持っているはずもないけど。

それに。デートだなんて勘違いしたら、私の心は、もはや隣人の枠に戻れない。

私が、如月の側に居られるのは、『隣人』だからだ。それ以上の役割は与えられてはいない。

いつもの通りに、軽くメイクをしていると、「おはよう」と桔梗が壁抜けしてやってきた。

「あのね、マイちゃん、悟さまが、マイちゃんの会社の住所、聞くのを忘れたって」

「会社の住所?」

私は、思わず聞き返す。

「昨日、駅で待ち合わせするって話したよ?」

私が答えると、桔梗はぶんぶんと首を振った。

「車で行くことになったから、直接迎えに行けるって」

頭が真っ白になる。如月が車で会社に横付けなんかしたら、超目立つに違いない。

「……駅のロータリーでお願いしますと、伝えてくれるかな?」

「えー。でも」

「如月さんが私の家の隣に住んでいることがわかったら、会社の独身女性が、我が家に押しかけることになるって」

私の話に、桔梗は首を傾げた。

「マイちゃん、悟さまと一緒のところを見られたくない男性とかいるの？」

「そういう問題じゃないって……ただ、要らない波風は立てたくないの」

「ふうん。じゃあ、悟さまにはそう言っておくね」

ふわり、と桔梗はまた壁に消えていった。

ふう。と、息をつく。

会社にお迎えなんて来られたら、自分が一番勘違いしてしまう。

私は、鏡の中の自分を見る。それほど、めかしこんでもいない。柔らかい表情というより、緊張して顔が強張《こわば》っている。

随分、原作と違うかもしれないと、私は鏡に向かって苦笑した。


会社では、髪を切ったことで完全にイメチェンしたので、例のメンドクサイ疑惑騒動は落ち着いた。イメチェン理由は、「今日、高校時代の友人と飲むから」ということにした。

鈴木が如月と出会った？のは高校生の時だから、完全なデタラメというわけでもないだろう。

努めて仕事に集中して、会う予定の高校時代の友人についての質問は回避する。職場では、勝手に『田中は初恋の同級生に会うらしい』というストーリーで盛り上がっていたが、もはや無視した。

私について勝手なドラマが展開する職場で、熊田が何度か私に物言いたげな視線を送っていたが、好奇心旺盛《おうせい》なだけだろう。

仕事が終わり、荷物をまとめていると、熊田が「話がしたい」と声をかけてきた。

「同級生と会うだけで、面白い話はないよ」

待ち合わせの時間があるから、と、話を打ち切ろうとすると、熊田は駅まで一緒に行くと言いだした。

「本当に何もないって」

駅への道を歩きながら、私は首を振った。

「そうじゃない。ずっと気になることがあって」

熊田は、私の横を歩いている。どうでもいいけど、なんだか距離が近い。私は少しだけ意識して離れた。

「田中、おめー、男、できた？」

口調とは裏腹に、真剣な目で見つめられ、私はドキリとした。

「髪型のせいもあるけど、この前から、すげー、変わった感じがする」

熊田は私から視線を外さない。

そうだね。毎日顔をあわせている熊田は、髪型だけでは……ごまかせないよなあと思う。

でも、実は別の魂がひとつ入りました、なんて言えないし。

「生まれて初めて、男の人に好きだって言われたからかな」

私は、慌ててそう答えた。嘘じゃない。ただ、色っぽい状況には少しもならなかったし、その人から私が感じたものは恐怖と嫌悪だけだったけれど。

でも、里浦は私に恋をして、異界にまで追いかけてきたのだ。受け入れることは不可能だったけど、想いは本物だったとは思う。

「ちょっと苦手な人だったから、断っちゃったけどね」

かなり脚色した内容ではあるが、熊田はようやく納得したようにふうんと頷《うなず》いた。

「なあ、田中、話があるんだけど」

熊田の言葉の続きを待ちながら、ふと顔を上げる。

駅のロータリーで、如月が人待ち顔で立っているのが見えた。

混雑時の人ごみの中でも、如月は超目立つ。

車の外に立ってなくてもいいのに！

駅を歩く女性たちが、皆、如月に目を向けている。

うわ、この人目の多い中、あそこへ行くなんて、無理！

しかも、隣に熊田がいるし。このまま逃走しようか、と一瞬本気で考える。

その時、如月が、私に気が付いて手を挙げた。

だめだ。逃げられそうもない……。私は腹をくくった。

「ご、ごめん。待ち合わせの時間だから」

私はぺこりと熊田に頭を下げた。

「田中……」

「またね」

私がにっこり笑うと、熊田は肩をすくめて手を振り、改札口へと歩いていった。

熊田を見送り、ホッと一息ついて。

私は、意を決して、如月の車のそばへそっと近づいた。

「お待たせして申し訳ありません」

ビジネススタイルで、頭を下げる。周囲の視線の集中砲火が痛い。

「随分、堅苦しいね」

如月は、助手席の扉を開けてくれた。そして私の肩を抱くようにエスコートする。行動だけでも既に二枚目だよ……。顔が二枚目じゃなくても、惚《ほ》れちゃうって。こんなの反則だと思う。

ふう、と思わずため息が漏れる。

「さっきの男は、彼氏？」

運転席に座ると、エンジンキーを手にしながら、如月は私に訊《たず》ねた。なんだか、苛《いら》ついている。

時計に目をやると、待ち合わせの時間を過ぎていた。私は申し訳なくて身が縮こまる。

「会社の同期です」

どうしても声が小さくなってしまう。

「随分、仲がよさそうだ」

どこかムッとしたような口調で、車を発進させた。

運転は丁寧だけれど、表情は不機嫌なままだ。

「あいつ……営業だから、人当たりがいいんです。誰にでもあんな感じですよ？　勘も鋭いから、私の『変化』が気になったらしくて」

「ふうん」

つまらなそうに、如月は頷く。

「本当は、彼と食事に行きたかったとか？」

「え？　そんなことないです。もちろん同期ですから飲みに行くことはあるけど、そういう関係では全然なくて……」

だんだんいたたまれない気持ちになってきた。

私と食事なんて、仕事じゃなければ行きたくないだろう。そんな私が、のんびり歩いてきたのだから、怒りたくもなるだろう。

「……本当にすみません。お忙しいのにお待たせしてしまって」

私は視線を手元に落とした。

如月は、大きく息を吐き、車を走らせる。空気が重い。

「彼に見られるのが嫌だから、会社はダメだって言ったのか？　俺の顔を見て、すごく困っていただろう？」

「え？」

如月の言葉は、尋問調だ。ちょっと恐い。如月の姿を見て、ためらったのは事実だけど、その理由は全く違うものだ。

「ち、違います！　私、桔梗に言いましたよね？　うちの独身女性が、我が家に押しかけるから嫌だって！」

「聞いたけど……それ、おかしいだろ？」

如月は、ムッとしたまま首を振る。

「普通、ただの隣人が、会社に君を迎えに行くわけないじゃないか」

「はい？」

言われた意味を頭の中で咀嚼《そしやく》して。

不機嫌な如月の頬が、やや赤いような気がした。

「如月さんと私では、まったく釣り合いが取れません。誰もそんなふうに見ませんよ……」

それに、一度きりのことだってわかっているから。小さく私は呟《つぶや》く。如月は月島薫と恋に落ちる予定なのだ。

そうでなくても、如月は『デートに見えるように』仕事で付き合ってくれているのだ。あからさまにビジネスモードを出さないのは、私への優しさなのだろう。私はぎゅっと手を握りしめる。

私は男性に優しくされることに馴《な》れていない。勘違いさせないでほしい。

こうやって、一緒にいられるだけで満足なのだから。

「何故、そこまで自分を卑下する？」

卑下しているわけではない。

如月が自分から遠すぎる人なのだ。

「お仕事なのですから。あまり優しくしないでください」

如月に悪意がないのはわかっている。でも、夢を見せないで欲しい。

「わかっていないのは、君の方だ……」

如月が小さく呟いた。


重い空気のまま、ムーンライトホテルにたどり着く。

私は、如月の後ろを影のように歩きながら、ホテルの入り口をくぐった。

一生に一度の、夢のような出来事なのに、どうしてこんな雰囲気になってしまったのだろう、と思う。

きらびやかなシャンデリアが吊《つ》るされた、欧州風で上品な雰囲気のロビーだ。華やかでゆったりとした時を感じさせる。流れている曲は、ショパンだろうか。

ホール中央には美しい花が活《い》けられていて、フロアに華やかさを演出している。

しかし、小説にあったような絵はどこにもなく、それもまた、私の胸を締め付けた。

何事もない方がいい。でも……如月の時間を無駄にしてしまったのではないかと思うと、息苦しくなった。

ロビーの中央は、吹き抜けになっている二階へ延びるエスカレーターになっていた。

「結婚式？」

そう思ってしまうくらい、着飾った人々が二階にいるのが見えた。

「今日は、大企業のレセプションパーティがある。それもあって、今日、ここに来た」

「そうですか」

私は小さく頷いた。そういえば小説でも、ひとが多く集まるところは、防魔調査室の警備の対象になっていた。

レストランは十階だが、いざというとき、駆けつけられないということはないだろう。

如月は、上を気にすることなくロビーを抜け、エレベーターホールへと歩いていく。私は、無言で後に続いた。

「え？」

エレベーターホールの壁面に、一枚の絵があった。

写実的な絵だ。筆致は柔らかく、色彩は全体に淡くて優しい。

古い日本家屋の前で、シャボン玉に興じている母親と女の子が描かれている。季節は早春なのだろう。二人ともセーターを着ている。シャボン玉の行く先に、白い梅が咲き誇り、澄んだ青空が広がっていて、コントラストが印象的だ。

「嘘……」

忘れられない懐かしい庭の、梅の花の甘い香りを思い出す。

「お母さん……」

涙があふれる。今はない、そして、この世界には元からないはずの、鈴木麻衣の生家にそっくりだ。

私と母は、この絵のように、よくシャボン玉を飛ばして遊んでいた。

「マイさん?」

急に泣き始めた私を他人の目から隠すように、如月が肩を抱いた。思わず、その硬い胸に身体を預ける。

「この絵……私が小さいころに住んでいた家にそっくりなんです」

声がうわずる。落ち着こう、と思う。

それほど特徴のある家ではない。似ているのは、ただの偶然なのだ。母の声が聞こえてくるような気がするのは、絵が素晴らしいからだろう。

「自意識過剰ですね……そんなはずないのに。この世界じゃないのに」

私は涙をぬぐった。

「ごめんなさい。ホームシックにかかってしまったみたいで」

私は頭を切り替えようとする。鈴木から田中へ。でも。生家と家族を亡くしているのは田中も同じで。帰る場所のない寂寥《せきりょう》感は消し去ることはできない。

どうして、私たちはこんなにも似ているのだろう。

「君の家に、似ているのか？」

如月の声が優しい。

「はい。でも、向こうの世界にも、もうないものなのです。火事で燃えてしまったから」

私は苦く笑う。

「これを描いた人物に会ってみる？」

如月の言葉に、私は首を振った。

「会ったところで、どうしようもないですよ」

私はそっと如月の身体から身を離した。

「お腹がすきました。ご飯、食べに行きましょう」

無理やり笑顔を作って、エレベーターの前へ如月を誘った。

ポン、と音がして、黒い豪奢《ごうしゃ》なドレスをまとった美女と、三つ揃いのスーツを着ているがどこか飄々《ひょうひょう》とした感じの男性が降りてきた。

すれ違いざま、男性が驚いた顔で私を見つめた。

何だろう、とは思いつつも気にせずエレベーターに乗り込もうとすると、前触れもなく腕を掴《つか》まれた。

突然のことに、私も如月も、彼といっしょにいた美女も、凍り付いたように固まった。

「絵を……あなたの絵を描かせてください！」

男性は唐突にそう叫ぶと、私の手を握りしめた。

かなり痛い。

「あの……とりあえず逃げませんから、手を放してください」

人の目が比較的少ない場所とはいえ、この状況はかなり恥ずかしい。とりあえず、冷静に話をしなくては、と思う。

男の目はとても真剣で、無下にできない情熱を感じさせた。

硬直から解けた如月が、庇《かば》うように私の横に進み出る。

「え？　ああ、すみません」

男は、我に返ったようで、慌てて私の手を放して頭を下げた。

「仁《ひとし》さん。ナンパにしては、大胆すぎるわ」

美女が呆《あき》れたように男の手を引いた。

「ごめんなさいね、このひと、絵のことになると、周りが見えなくなるの」

彼女は頭を下げながら、艶然《えんぜん》と微笑んだ。女の私が見ても、ぞくりとするほど色っぽい女性だ。

「画家さん、なのですか？」

私の質問に、男はこくりと頭を下げた。

「まだ、卵みたいなものですけど。このホテルに幾つか絵を置かせてもらっている、子門《しもん》仁といいます」

「仁さんの絵は独特で、評判がとても良いのです。そこの壁の絵も、仁さんの絵なのよ」

女性は誇らしげだ。

「え？」

「そうでしたか。彼女はその絵が気に入ったようでした。お会いできて光栄です」

如月は子門に頭を下げながら、さりげなく、私の腰を引いて自分の傍へと引き寄せた。

子門を警戒しての業務上の行動であろうが、私はドキリとした。

如月が子門を警戒する理由は、山ほどある。まず原作知識によれば、殺人事件を起こすのは名前は違うけれど画家だ。それに、彼が私の生家そっくりな絵を描いているというのは、偶然かもしれないが『覗き屋』技能の持ち主の可能性もある。

もっとも、『覗き屋』技能を持った人間全てが危険というわけではない。彼らの多くはその技能を行使している自覚もないまま生きていくのだという。

一番変なのは、彼が私に興味を持ったことだ。凡庸な私の顔に魅《ひ》かれるということは考えられない。ということは、彼は何らかの形で霊的魅力補正を感じているのかもしれない。

「それは嬉《うれ》しいですね。あなたは、僕の心象風景にぴったりなイメージだったので……たいへん失礼をいたしました」

熱を帯びた目で、子門は私を見つめる。決して二枚目ではないけれど、嫌みのない人好きのする感じの男性だ。枠にはまらない印象はあるものの、不誠実には見えない。

「ラフでいいので。十五分いただけませんか？」

男の人に、こんなに真摯に情熱的な目で見つめられたことはない。

どうしよう？　と思い、助けを求めるように如月を見上げると、彼は私に頷《うなず》いた。

「レストランの方で、予約時間をずらして頂けるのであれば、十五分だけ、彼女をお貸しします」

如月の口元は笑っているけど、目は笑っていない。警戒しているのを隠そうともしていない。

今の口調だと、私は如月の所有物のようだ。たぶん、恋人設定でいくということなのだろう。

戸惑いは感じるものの、確かにその方が話が早い。

「よかったわねえ、仁さん。レストランには、私が話しておくわ。ラウンジでいいかしら？」

「はい。申し訳ございません、お嬢様」

子門は美女に頭を下げる。この美女は彼のパトロンかもしれない。

「ああ、申し遅れました。私は、月島薫と申します。このホテルの営業を担当しております」

美女は優雅に頭を下げ、艶《あで》やかな笑みを如月に投げかける。

このひとが、月島薫。

頭に描いていたより、妖艶《ようえん》な感じの女性だった。

大きな黒い瞳《ひとみ》は、濡《ぬ》れたようにうるんでいて、唇はぽってりとして艶《つや》やかだ。

私は如月の顔をそっと見た。彼の目は、食い入るように、彼女を見ている。

ああ、やっぱり。

これが、恋に落ちる瞬間なのかな……と、ふと思う。

「こちらへ、どうぞ」

彼女にラウンジに案内されながら、もう少し長く魔法が続いてほしかったな、と思いながら、私は無意識に如月のそでをそっと握りしめていた。


ラウンジのソファは柔らかく、体がゆったりと包み込まれる。たくさんの人がいるにもかかわらず、少しも騒がしくはない。テーブルとテーブルの距離が贅沢《ぜいたく》に離れているからだろうか。

窓からライトアップされた庭園が見える。とても幻想的だ。

「舞さんの、ご生家に似ていたのですか」

子門は手を休めず、私に話しかける。

座ったままで、私は「はい」と頷いた。

正確には、田中舞の生家ではなく、鈴木麻衣の生家だ。しかし、それを説明することはできないし、話したところで、信じてもらえないだろう。

「あの家は、僕、昔から夢で何回も見てね。今でも時折、見るんですよ」

子門はとても楽しそうだ。

彼の見ているものが、私の生家であるなら……彼の覗き屋の時間軸は私にとっての遠い過去なのだろう。私の生家は、大火事で焼けてしまってもうない。絵に縫い留められた時間は、もう戻っては来ないのだ。

「僕はね。何度も、あの女の子に声をかけようとして……目が覚める」

幾分、自嘲《じちょう》気味に子門は笑う。

私は、どう答えてよいかわからず、曖昧《あいまい》に笑みを返しながら目の前のアイスティに口をつけた。

如月は、私と少し離れたソファで、月島薫と談笑している。

二人と離れた場所に座ったのは子門の意向だが、私もその方がありがたかった。

その時が来たら、デバガメよろしく、如月の恋を眺めるつもりだったはずなのに、いざとなると腰が引ける。

「先ほどのお嬢様は、子門さんのパトロンさんですか？」

私は、失礼がないように気をつけながら訊《たず》ねた。

「そうです。正確には、お嬢様のお父上が、ですけど」

さらさらと、手が動いている。時折、スケッチブックのページをめくる仕草をしているところを見ると、短時間で、何枚もの絵を描いているらしい。

「少し前から、目をかけていただいていてね。今は、このホールに飾る絵を依頼されているのです」

「それは……」

つい、原作の絵のことを思い出してしまう。原作でホールに飾ってあったのは、たしか月下美人の花の絵だ。

「月の女神と、精霊たちという依頼を受けていましてね。お嬢様をモデルにして描いているのですよ」

子門は微笑する。とても誇らしげだ。お嬢様、という言葉に憧憬《しょうけい》を感じた。

そういえば、亜門はお嬢様に憧《あこが》れて、神女の絵を描いたのだ。

不吉な予感を感じながらも、私は首を振る。目の前の子門は、とても朗らかで、凶行に走るような陰りを感じない。

「出来上がりました。ご覧になりますか？」

「ええ」

私は、差し出されたスケッチブックを受け取った。

柔らかな筆致で描かれている。

そこに描かれた田中舞は、とても表情豊かで、本人より美しく描かれていた。

「随分、綺麗《きれい》に描いていただいて恐縮です」

「……あなたの美しさは、たぶん、写真では表現できません」

子門はくすりと笑った。どういう意味だろう。

「終わったのか？」

如月が立ち上がって、私の傍らに月島薫とともにやってきた。

「はい。子門さんは、美化するのがお上手なようです」

如月は、私の手からスケッチブックを受け取る。

「よく……描けている。画家というのはスゴイな」

如月は感心し食い入るように絵を見ている。それを月島薫は、複雑そうな表情で眺めていた。

「当社比で二・五倍は、美人になっていると思うのですが」

私の言葉に、子門は首を振った。

「舞さんの彼氏は、そう思ってないと思うよ。あなたはなんというか、雰囲気がとても良い人だ」

思わず首を傾げる。

私の彼氏？

「一枚、いただくことは出来ないか？」

如月が、子門に向かって訊ねた。

「よろしいですよ。デートのお時間をお邪魔したお詫《わ》びに、差し上げます」

子門は、私の描かれたページを一枚、スケッチブックから切り取ると、如月に差し出した。如月は丁寧にそれを受け取る。

「よろしければ、アトリエにも遊びに来て下さい……よろしいですよね、お嬢様？」

「ええ。ぜひ、お二人でいらっしゃって」

月島薫が満面の笑みでそう答える。さりげなく「お二人で」って言ったなあ、と思う。

「アトリエは、月島家の離れにあるのです。おいでになるときはこちらにご連絡を」

子門は名刺を取り出す。私が手を伸ばす前に、如月が名刺を奪うかのように受け取った。

それを見て、子門は「とって食いはしませんよ」とニヤッと口をゆがめる。

「もしよろしかったら、お近づきの証《しるし》に、お食事の後、お泊りになりません？」

月島薫は、艶然と微笑する。なんとなく、如月にしな垂れかかっているような気がするのは、私の先入観のせいなのだろうか。

「仁さんも、もっと舞さんとお話したいようですし」

私は咄嗟《とっさ》に如月の顔を見た。如月は、月島薫の顔を、じっと見つめている。

「ごめんなさい。せっかくですが、私は……明日、仕事がありますので」

私は、丁寧に頭を下げた。彼女を見つめる如月を、これ以上見たくなかった。

如月は私の方に視線を向け、少しだけ苦笑したようだった。苦笑の意味は、おそらく私への遠慮だろう。

「アトリエの方には、一度寄らせていただきます。今日のところは、これで」

如月は頭を軽く下げて私の腕を引くようにし、エレベーターへと誘った。

去り際に、月島薫の鋭い視線が私に向けられた気がした。なんだか、ぞくりとして振り返ると、先ほどの視線は勘違いだったかのような、柔らかな笑みを返された。

ゲストヒロイン様に、嫌われちゃったかな。

私は思わず自嘲する。彼女の気持ちは、痛いほどわかる。

ただでさえ、パトロンとして支援している画家の子門が、私のような凡庸な人間に興味を示して面白くないだろうに、丁寧な誘いを拒絶されたのだ。

エレベーターに乗り、如月と二人きりになった。再び、息苦しいような沈黙が訪れる。

私は、じっと考え込んだ表情の如月を見上げた。

「如月さんは、泊まりたかったですか？」

ポツリ、と呟《つぶや》くように尋ねると、如月の顔がギクリとしたようにゆがみ、赤くなった。

「いや、その……」

珍しく言葉を濁しながら、咳払《せきばら》いをする。

「……私、一人でも帰れますよ？」

勇気を持って、提案してみる。

「は？」

如月は、私の言葉の意味がわからなかったようで、私の顔を見なおした。

「えっと」

私は、何となく気まずくなって、下を向く。

「如月さんはお仕事なのですし、そのほうが良いなら、私はタクシーを拾って帰ります」

「……どうして、そういう発想が生まれるのか、俺には理解できない」

如月は大きく息を吐いた。

レストランに着くと、なぜか「お連れ様はお先にお待ちになっています」と告げられた。

如月を見上げると、彼も首をひねっている。

どういうことだろうと、案内されるままに席へと向かうと、「やあ」と片手を上げて挨《あい》拶《さつ》をしたのは柳田瞬だった。

「どういうことだ」

眉間《みけん》に皺《しわ》を寄せ、如月は柳田を睨《にら》んだが、彼はそれに答えず、

「マイちゃん、こんばんは」

と、痺《しび》れるようなバリトンボイスで、私に挨拶をする。名前呼びが自然すぎて文句も言えない。

これは、美形特権とでもいうのだろうか。

もっとも、この親しげな感じは、外交的な性格によるものだろう。如月より営業向きという感じだ。

「……昨日はどうもありがとうございました」

私は、アイスコーヒーを結果としておごってもらったことを思い出し、頭を下げた。如

月の顔がさらに険しくなった。

「柳田、わかるように説明しろ」

いつになく、如月の語気が荒い。同僚相手だと、こんな感じなのかなあ、と思う。

「何から聞きたい？」

柳田の目が笑っていて、完全に如月をからかっているのがわかる。

「なぜ、ここにいる？」

「仕事に決まっているだろ。業務連絡だよ」

ポンと、如月の肩を叩《たた》きながら柳田が告げた。

「私は、席を外しましょうか？」

私は腰を浮かしかける。そういえば、泣きじゃくったのに、化粧直しもろくにしていない。

「その必要はないよ。マイちゃんは、目下、うちの見習い扱いだから」

「はい？」

意味がわからず、私は目が点になる。そんな契約はした覚えがない。

「昨日も言ったでしょ。君は、もう普通の生活は出来ない。俺たちの仕事に転職すべきだって」

「私、承知はしていませんが」

「細かいことは、気にしない」

柳田はにっこりと、しかし押しの強い笑みでそう言った。

「ここのホテルに飾ってある絵の画家は、子門仁、それから山井実《やまいみのる》、W・ストーナ。子門と山井は売り出し中で、オーナーの月島が可愛がっているそうだ。ストーナ氏は現在スイスに在住だから省いてもいいだろう」

柳田の話に、如月は首を振った。

「子門一本でいいと思う」

先入観を持つのは禁物だが、と、前置いて、

「彼は、覗き屋技能持ちだ。しかも、霊力も高い……見ろ」

如月は、子門が描いた私の絵を出した。

「へぇ、マイちゃんの絵か。上手《うま》いものだね」

感心したように、柳田は絵を眺めた。私は恥ずかしくなる。

「美化が激しいですよね」

「え？　俺はむしろ、実物のほうがもっと美人だと思うけど」

あまーい声で柳田はにこやかに微笑む……このひと、女たらしだ。お世辞と分かってい

ても、胸がドキドキする。

「如月、これ、どうやって描かせた？」

柳田の目に好奇心のいろが浮かんでいる。

「子門が、マイさんを見て描きたいと言ったのさ」

「心象風景にぴったりとか、なんとか言われました」

へえ、と、柳田は頷《うなず》いた。

「わかった。マークは子門一本で良さそうだな」

言いながら似顔絵をそのまま懐にいれようとして、柳田は、如月に手をはたかれた。

「勝手に持っていくな」

「本部に提出しておこうと思っただけだ」

柳田は、はたかれた手をなでながら抗議した。

「提出は俺がする」

如月がムッとした声を出す。

「じゃあ、写真撮らせて」

「ダメだ」

如月は、似顔絵を柳田から取り上げ、大切そうにしまう。

「あの……」

話がよく見えず、私は首を傾げる。何をもめているのか、よくわからない。二人でじゃれ合っているだけなのかもしれない、と思った。

「こちら、前菜でございます」

すっと脇から、店員がお皿を運んできた。

私たちは、慌てて姿勢を正した。

店員がお皿を置いて立ち去るのを待って、柳田が私に笑いかける。

「マイちゃんは、霊的魅力が振りきれているって説明したよね」

「はい。妖魔《ようま》や幽霊には、『伝説クラスの美女』みたいなものだって、聞きました」

ふうっとため息をつく。

「如月、お前、何の説明もしていないのか?」

柳田は呆《あき》れたようだった。

「霊的魅力は、そのひとのもつ雰囲気やオーラってやつだ。人間は外見にとらわれやすいが、まったく感知できないわけじゃない」

柳田はニヤッと口の端を上げた。

「特に、霊力のある人間は顕著に感知する。つまりね、子門の似顔絵は、ある一定の霊力がないと描けない君の姿なのさ」

「なんだか、あまり褒められている気はしませんが……」

そう言えば、写真では表現できないって言われた気がする。

「霊力があると、補正して、一瞬、美人と勘違いしちゃうってことですか？」

「う〜ん。だいぶ違うけど、そういうことにしておこうか」

柳田は肩をすくめた。どうやら、面倒になったらしい。

「それで、会った感じはどうだった？」

「陰りはないな。妄執にとらわれるってタイプの人間には見えなかった。マイさんに多少、執着している感じはあったが」

あれだけの時間で、いろいろ観察しているのだなあと私は感心する。さすがプロだ。

「マイちゃんはどう思った？」

「私ですか？　えっと。そうですね……あの人、別に私に執着はしていないと思います。私の絵が描きたかっただけみたい」

「しかし、アトリエに誘われただろう？」

如月がそう指摘する。

「あの人は、たぶん、私の生家によく似たあの風景に執着しているのです。思い入れを感じました。私の絵を描いたのは、私に、あの風景と同じ匂いを感じたからだと思います」

「ふうむ。それで？」

「子門さんは……たぶん、月島薫さんがお好きなのではないかと」

先入観があるせいかもしれませんが、と言い添える。それでも、お嬢様と呼ぶ、あの声音には憧憬《しょうけい》があったと思う。

「月島薫？　ああ、あの美女ね」

柳田は頷いて、如月に目をやった。

「俺は、気が付かなかった」

「……ま、おめーにそーゆーところは期待してねえよ」

柳田は前菜のサラダを口に運ぶ。

「ところで、柳田、いつまで、ここにいるつもりだ？」

いくぶん如月は、苛《いら》ついているようだ。

「コース頼んじゃったから、デザートくるまで」

柳田はしれっと口にする。

「お前、絶対わざとだな」

「当たり前だ。お前だけが、仕事にかこつけて、マイちゃんと一緒に楽しむのは不公平だ」

柳田は本当にデザートまで一緒に食べていったのだった。


「今日は、本当にありがとうございました」

玄関前で、私は頭を下げる。

「なんか、私のことで振り回してしまって、本当にごめんなさい」

結局、化け物に襲われることもなく、殺人事件に遭うこともなかった。

それが一番いいことなのだけど、私一人が得をしてしまって詐欺をしたような気分だ。

もし、私が帰ると言わなかったら、如月は月島薫と原作通りに恋に落ちたのかもしれない。

そう思うと、なんだか自分が酷《ひど》い女になった気分がした。

「こっちこそ、ごちそうさま。楽しかったよ」

優しく如月が笑う。胸がドキリとする。

「子門のアトリエに行くときは、一緒に行くから」

如月の言葉に、私は頷いた。せめて、子門が完全に『白』だと決まるまでは、責任をもって付き合わなければならない。

「マイさん、俺の靴、見てくれる？」

唐突に如月がそう言った。

「はい」

なんのことだかわからないまま、下を向くと、突然、首を引き寄せられ、額に柔らかいものが押し付けられた。

「え？」

何が起こったのか理解できない。如月はにっこりと「おやすみ」と微笑み、自分の部屋に入っていった。

私は、玄関の前で茫然《ぼうぜん》自失となり、桔梗が心配してうちの玄関の扉を開けるまで、立ち尽くしていた。


寒い季節ではないにしろ、夜更けに玄関先でバカみたいに立っていたせいだろう。私は翌日、高熱を出してぶっ倒れた。

たかが額にキスをされたくらいで、三十分近くも我を忘れる自分が情けないが、そんなことをされるとは夢にも考えたことはなかった。むしろ、眠っている間に見る夢のほうが現実的なくらいだ。

美形は一般常識が通用しないのかもしれない。

如月としては、デートごっこの、ちょっとしたご褒美的な挨拶《あいさつ》だったのだろう。

典型的な奥手の日本人である私は、挨拶でキスするような習慣はない。鈴木と田中、二人ぶんあわせても、恋愛経験は皆無に近い干物女の典型だから、自分がイコール世間一般の常識とは言えないけれど。

とりあえず、私は会社に電話を入れると、近所の医者に行った。インフルエンザとかではなく、主原因は疲労であろうと診断され、薬を貰《もら》い家に帰った。

ベッドに横になりながら、激動の六日間を振り返る。

木曜日に、鈴木麻衣と田中舞は同じ体に入り、金曜日は、初めて九字を切って……。

疲れも出るよね、意味わからないことばっかりだし。

目が覚めたら、鈴木麻衣も田中舞も、元の生活に戻ったりしないかなあと、夢想する。

ここ数日の出来事は、良くも悪くも非現実的だ。

如月悟と、はからずもデートのような体験をして、デコチューまでしてもらって。熱も出るわ……人生の最頂点に達したといっても過言じゃないものね。

自嘲《じちょう》めいた笑いが浮かぶのを意識しながら……私は眠りに落ちた。


ご飯が炊ける甘いにおいで目が覚めた。

体をおこすと、桔梗がうちの台所に立って、料理をしている。

「あ？　マイちゃん、目が覚めた？」

桔梗は、いつもの和服に割烹着《かっぽうぎ》を着ている。まるで、若奥様のようだ。

「ごはん、作ってくれたの？」

「うん。もう少しで、できるからね」

桔梗は、柔らかく微笑んだ。

「もう、本当にびっくりしたのよ？　昼に遊びにきたら、マイちゃん、高熱出して寝ているんだもの。一言、言ってくれればいいのに」

ぷうっと、桔梗は頬をふくらました。

「ごめん。だけど、私、壁越しに話せないし。わざわざ、如月さんに連絡することではないし……」

私が苦笑を浮かべて答えると、桔梗は眉間《みけん》に皺《しわ》を寄せた。

「マイちゃん、水臭いよ。医者に行ったのなら、うちの玄関の戸を叩《たた》くくらいできるじゃん」

「……桔梗だけが隣に住んでいるなら、そうしたかもね」

それに、桔梗はいつでも家にいる訳じゃない。いや、家にいたとしても、彼女が今の姿で話ができるとは限らないのだ……彼女は式神なのだから。

「まあ、マイちゃんが、悟さまを警戒するのは無理ないけど」

ふーっと桔梗はため息をつく。

「私、別に如月さんを警戒とかしてないよ？　そもそも警戒なんてする必要ないと思うし」

慌てて、言い添える。

如月が私をどうこうしたいハズなどあるわけがない。あちらは主人公さまで、私はただの隣人なのだ。いつ、配役が変わったとしても、観客がそのことに気付くことはまずない……そういう立ち位置の人間なのだから。

「それはそれで……悟さまが気の毒というか、鈍すぎて問題だと思うけど……」

ブツブツと桔梗は呟《つぶや》きながら、台所に戻っていき、器におかゆをよそってベッドまで持ってきてくれた。

「ありがとう」

私は、おかゆを口にする。コメの甘さが、口の中で広がった。

不意に、頬に涙が流れた。

「マイちゃん？」

桔梗が心配げに私の顔を覗《のぞ》きこむ。

「ごめん。あのね、誰かにおかゆを作ってもらうなんて、すごく久しぶりだったから……」

私は目を閉じて、おかゆの味を味わう。桔梗のおかゆは、レトルトのおかゆと違って、愛情が感じられた。

「私ね……田中舞は水害で、鈴木麻衣は火事で、家族を亡くしたの。どちらも私だけが助かった」

「マイちゃん……」

桔梗は、私の手にそっと触れてくれた。相手は、人間じゃなくて式神だけど。桔梗が側に居てくれることが、とても嬉《うれ》しく感じた。

「だからね、麻衣も舞も……ずっと、孤独だったの。鈴木麻衣がこの身体に入ったのは、私たちが二人とも孤独だったからかもしれない」

言いながら気付く。二つの魂が入っているのに違和感がないのは、鈴木麻衣も田中舞も寂しくて仕方なかったからかもしれない。

「マイちゃんは、一人じゃないよ。私も、悟さまも、ずっと側に居るから」

桔梗は優しく、私の背をなでてくれた。

「ありがとう……素敵なお隣さんがいて、良かった」

私は一人じゃない。もう、一人じゃないのだ……そう思ったら、嬉しくて涙が止まらなかった。


熱は、水曜の午後になってようやく下がった。

会社にその旨を電話したら、有給休暇の消化をかねて、今週いっぱい休めと上司に言われた。

休め、と言われると、会社に要らないと言われたような気がして落ち着かない気分になる。けれど、無理をして余計迷惑になってはいけないので、ありがたくお休みすることにした。

「マイちゃん、ちょっと、お着替えして」

桔梗がするりと壁抜けしてやってきた。

「今から、悟さまと柳田さんが、マイちゃんのお見舞いにくるって」

「柳田さんも？」

それは、この前のムーンライトホテルがらみの件だろう。私は、慌ててパジャマを着替えた。

病み上がりなので、ゆったりしたTシャツ（もちろん、ブラジャーはしました！　反省は活《い》かされています！）にロングスカートという、ラフなスタイル。跳ね上がった髪の毛を整えていたら、玄関の呼び鈴が鳴った。

「はーい」

慌てて出迎えると、柳田は花束、如月はフルーツの籠《かご》もりを持って立っていた。

私、入院しているわけではないのだけどな。

見舞いの品に文句があるわけではないが、なんとなく、自分の価値観とのズレを感じてしまった。

「どうぞ、中へお入りください」

「これ、お見舞いね」

玄関から入るなり、柳田は私に花束をくれた。

可愛らしい花に気を取られた瞬間、柳田は、私の顎《あご》に手をかけて、私の額に自分の額をくっつけた。

ぎくり、と身を引こうとすると、「熱は下がったね」と、にこりと笑う。セクハラ的な行動も、美形がやると愛情や親しみの表現でおさまってしまうのが怖い。

「からかわないでください」

私は顔が熱くなるのを止めることもできず、抗議した。

「柳田！」

なぜか如月が柳田を睨《にら》みつけたが、柳田はニヤリと笑っただけだった。

「こんな立派な花束とか、気を使っていただいてすみません」

私が恐縮すると、「経費だから」と、柳田は答えた。

「経費って……国家予算ですよね？」

私が眉《まゆ》をひそめると、ニヤリと柳田は口を歪《ゆが》めて、それ以上何も言わない。

グレーゾーンを追及するのはやめたほうが良いかも。

つい、そんな風に思ってしまった。

「それで？」

私は、折りたたみテーブルの上の桔梗が入れてくれたお茶に手を伸ばしながら、話が切り出されるのを待った。

「マイさんの話と関係あるかどうかはわからないが……月島家に勤めていたハウスキーパーが二人、行方不明になっている」

如月が、苦々しげに口を開いた。

「行方不明者届等が出されていなくて、把握していなかったが、一人目はふた月ほど前、二人目はひと月ほど前に姿を消していることが分かった」

「……行方不明、ですか」

遺体が発見されたわけではないから、必ずしも『原作』と関連することとは限らない。

「さらに、気になるのはその二人は、月島家の離れの担当でね……子門の身の回りの世話を担当していたらしい」

柳田は大きく息を吐いた。

「子門さんはそのことについてなんと？」

「詳しい話は聞けていない。何しろ、行方不明者届が出ていないから、警察も動けない。かといって、妖魔《ようま》も出ていないから、俺たちも流石に動くのが難しいのさ」

柳田は顔をしかめ、そして首を振った。

「それで――私に子門さんのところへ行けと？」

「週末まで待ってもいい……君は病み上がりだし」

如月は私をいたわるように、そう口にする。

「何かあってからでは後悔します。子門さんのご都合が良ければ、明日にでも」

「本当に、大丈夫か？」

心配げな如月に私は微笑みながら頷《うなず》く。

「如月は意外と血の気が多いから、俺のほうが本当は適任なんだがなあ」

私の同行者ということだろうか？　柳田が不服げに呟く。

「ダメですよ。子門さんはともかく……月島薫さんは、『如月さん』と私、というお考えでしょうから」

「ふうん。マイちゃんにはそう見えたの？　なるほど。如月はモテるからな」

柳田の目が好奇の色を帯びると、如月は眉根をよせ、そして、大きく息をついた。

「……それで、ひとりで帰るなんて言ったのか」

「どうした？　顔が怖いぞ」

柳田の問いに、如月はただ肩をすくめた。

ひょっとして的外れなことを言ったのだろうか。原作の先入観にとらわれすぎだったのだろうか。私には月島薫と如月がお互いに見つめあっていたように見えたのだけど……如月は少なくとも、そう思っていなかったらしい。でも、あの時。彼女の射るような視線を感じたと思う。

「場合によっては、恋人設定、外してもらっても私は構わないですから」

私の言葉に、「設定ね……」と柳田は苦笑し、如月は、不機嫌そうに顔をそむけた。


「本当に来ていただけるとは思っていなかったので、嬉しいです」

朗らかに、子門は迎えてくれた。

月島邸は月白地区にあり、見たこともないような豪邸だった。聞けば、その昔、ここは大名屋敷だったらしい。街を見下ろす小高い場所に、森と見間違うほどの日本庭園。大きな池に橋までかかっている。東京の街中だというのに、鳥のさえずりが聞こえて、本当に別世界だ。

案内されたのは、庭園の奥に建てられた離れだ。白壁の近代的な建築ではあるが、日本庭園の中に違和感なく溶け込んでいる。月島家が支援している画家である、山井と子門の二人のアトリエと住居になっているらしい。

原作では、亜門のアトリエの地下室で、亜門が死者から搾り取った血液で神女の絵を描こうとするのであるが……現実問題として、どうだろう。たとえ地下室があったとしても月島家の人間が知らない訳がない。

「仁さんたら、昨日、ご連絡をいただいてからとてもご機嫌なのよ」

子門の横に当たり前のように月島薫が寄り添い、私たちを出迎える。今日は、カジュアルながら、セクシーなキャミソールドレス。

リクルートスーツの親戚《しんせき》のような服を着た私とは、女子力の差がありすぎる。もともとの素材からして違うから、勝負を挑むこと事態、失礼だろうけど。

私の話をどう受け取ったのかしらないが、如月は、月島薫と目が合うと、私の腰をさっと引き寄せた。

如月にとってはどうってことのない行為なのだろうが、男性に免疫のない私は心臓が止まりそうになる。

「ねえ、せっかくいらしてくださったのだから、もう一度、モデルになっていただけないかしら？」

彼女は、如月を一瞥《いちべつ》すると、私に向かって微笑んだ。

「モデル、ですか？」

「実は、浴衣《ゆかた》の女性のモデルを探していたの。夏休みにフロントに飾る絵にしようと思って」

くすり、と月島薫は笑う。

「それなら私より、薫さんのほうが適任では？」

「あら、でも仁さんは、貴女《あなた》を描きたいそうよ」

そんなバカな、と思いながらも子門の方を見ると「ぜひ」と、満面の笑みで頷かれる。

どうしようと思って、如月に目をやった。

「お時間はどれくらいかかるのですか？」

「一時間もあれば。大丈夫ですよ。僕だけじゃなく、山井という画家もいっしょに描きますから」

二人きりになったりはしませんよ、と、面白そうに子門は笑った。

「え？　子門さんだけじゃなくて、別の方も？」

驚く私に、子門は、「舞さんは、僕らが写真家に勝つことができる、そんなモデルさんですから」と、褒められているのかどうか微妙なセリフを吐く。

「マイさん、やってみれば」

少し笑みを浮かべて、如月が頷いた。

なんだか、複雑だけど。でも、私の絵を描けば、山井というひとの霊力も測れるわけで。

ようするに、霊力試験紙だな……

「お受けします」

私は、仕方なく了承した。


馬子にも衣装《いしょう》、とは言ったもので、用意された藍《あい》染めで朝顔が描かれた浴衣を着ると、当社比一・五倍ほど女子力がアップしたように見えた。

私は、子門のアトリエに用意された椅子に腰を掛け、二人の男に凝視されながら、息苦しい時を過ごす。山井と名乗った男は、いかにも画家というようなベレー帽をかぶり、ギャグ漫画のキャラクターのようなイメージがある。目が細くて垂れぎみなので、真剣な目をしているのに笑っているように見えなくもない。子門もそうだが、人に警戒心を抱かせない雰囲気がある。

鉛筆の走る音がとても大きく聞こえた。ただ座っているというだけであるのに、動けないと思うと、全身に力が入ってしまう。時間にしたら、それほどではないのだろうけれど、とても長く感じた。

二人の絵が佳境に入ると、同じ部屋にいた如月が月島薫に誘われて出て行った。すると、二人の男がホッとしたような息を漏らした。

彼らの緊張が、如月によってもたらされていたのか、月島薫によってもたらされていたのか判断に苦しんでいると、子門がにこやかに笑った。

「舞さんは、嫉妬《しっと》深い恋人をお持ちで、苦労しますね」

「はい？」

なんのことだかわからず、首を傾げる。

「彼、オレがあなたの胸元に目をやっただけで、睨みましたよ」

山井の目が笑っている。

「気のせいですよ」

「僕なんか、唇を描いているとき、咳払《せきばら》いされたし」

「……そんなはずありません。お二人とも、意識しすぎですよ」

私と如月はそんな関係じゃない……と、正直には言えないけれど。おそらく、如月は仕事として真剣に二人を見ていたから、そんな感じに見えたのだろう。

「そうかなあ、でも、オレ、彼の気持ちわかりますよ」

山井は手を動かしながらも、面白そうに目を細めた。そんな表情をすると、ますます漫画のキャラクターのようだ。

「あなたをみていると、あなたの美しさは、自分だけが知っていればいいって気分になってきますから」

「意味がわかりませんが」

私の困惑をよそに、子門が山井の言葉に共感するかのように笑う。

「舞さんは、とても雰囲気が良くて傍にいて心地いい。でもそれは、外見の美しさとは、ちょっと違う」

はあ、と頷く。たぶん褒め言葉なのだろうが、何度聞いても、素直に喜べない。

「例えば、月島のお嬢様は、見るからに美しいけれど……写真と、本人の美しさに違いはほとんどない」

子門は、ゆっくりと立ち上がり、部屋の奥の布をかけられていた一枚の絵を見せてくれた。

「綺麗《きれい》ですね」

月の女神が月光を背に弓を引く姿が描かれた絵だった。輝くばかりに美しい女性。間違いなく、月島薫の姿である。

「……素敵な絵だと思いますが」

私の感想に、子門は苦笑した。

「幻想的な題材だからそう思えるのです。ただの肖像画だとしたら……薫お嬢様の場合、スナップ写真に勝てません」

「薫さんは、本当にお美しいですものね」

私はため息をつく。素材が違うのだ。

「でもね、画家には、美しさを引き出したいって衝動もある。そして、それは絵が写真に勝てる唯一無二のポイントだ」

子門は月の女神の絵に布をかけた。そして、自分の座っていた場所からスケッチした絵を持ってきた。

山井も自分のスケッチを手に、私のところへやってくる。

「私は、こんなに美人じゃないですよ！」

子門の描いたスケッチは、まぎれもなく田中舞の姿なのに、とても魅力的な女性に見えた。

「うわー、仁にやられた。オレ、まだまだだなあ」

一緒に覗《のぞ》きこんだ山井が首を振る。

「山井は？」

子門に促されて差し出された山井のスケッチは、これまた、間違いなく田中舞なのに、妙に色っぽく艶《あで》やかだ。

これって、山井さんも、霊力アリってことよね？ それとも画家さんのサービスってやつ？

「わ、私、こんなに色っぽくないです」

戸惑う私を見ながら、くすくすと子門が笑った。

「山井、おまえ、こんな絵を描いたら、彼氏に睨《にら》まれて当然だ」

「しょうがない。オレの目にはこう見えるのだから」

山井は肩をすくめる。

「お二人とも、眼科に行かれた方がよろしいですよ」

本当は、霊力のイタズラで、例の補正がかかっているからなのだろうけども。

でも、こうして会話をしていると、二人から犯罪とかに手を染めるような暗さは全く感じない。

「そういえば、この家にはハウスキーパーさんがいらっしゃるって聞きましたが見かけませんね」

ちょっと強引かなあと思いながら、話を誘導する。

「ん？　ああ、でも常に二、三人は詰めているはずだよ？　出入りは激しいけどね」

「そうなのですか？　お給金、良さそうだけど、お仕事辛《つら》いのかしら？」

私、転職しちゃおうかな、と冗談めかして言うと、山井が肩をすくめた。

「お嬢様が結構キビシイ方だからね。特に仁が絡むと」

「子門さんと薫さんは、そういうご関係ですか？」

さりげなく、探りを入れてみる。

「違いますよ……変なことを言うな、山井。旦那《だんな》様に叱られる」

子門は辺りを見回すようなしぐさをして、苦い顔をした。

すこしだけ約束の時間が余ったので、浴衣《ゆかた》のままで広い和風庭園を歩き、画家二人に写真を撮られまくった。

本当はスケッチしたいらしいのだが、それだと時間がかかるので写真を撮るということで妥協したらしい。

途中、池のむこうにある東屋《あずまや》で、如月と月島薫が談笑しているのが見えた。

如月は気が付かなかったようだが、月島薫は私に気が付いたのか、ニコリと笑顔を向けられた。なんとなく、勝ち誇ったような笑顔に見えたのは、たぶん私のひがみであろう。

子門は私の視線の先に気が付いたらしく、肩をポンと叩《たた》かれる。

彼自身の表情に嫉妬《しっと》はない。そして私に「心配しなくても大丈夫ですよ」と囁《ささや》いた。

子門は、薫のことを何とも思っていないのか、疑問に思う。

直接聞いてしまえば、早いのだけど。さすがに、そこまで単刀直入に聞いてよいものかどうか迷った。

「そろそろ、着替えてきたらどうですか？」

山井に言われて時計を見ると、一時間が過ぎようとしていた。

「はい、では失礼します」

私は、先ほど着替えに使用した部屋へ向かった。

子門と山井の居住空間の真ん中の共同スペースにある、小さな和室だ。

私は浴衣を脱ぎ、自分のスーツに着替えると、ふと部屋を見回す。原作通りならば、こんな感じの部屋に地下への入り口があるはずだ。

忍者屋敷じゃあるまいし。

自分の発想に苦笑しながら、私は押し入れの襖《ふすま》を開けた。

空っぽの押し入れに、なんとなく安堵《あんど》したとき。

押し入れの下段の床板が、はめ込み式であることに気が付いた。

まさか。

如月に連絡しなくては、と、携帯に手を伸ばす。

「あら、もう、お着替えはおすみでしたの？」

不意に、背後で女性の声がして。

振り返ろうとした瞬間、世界が暗転した。


暗い。

後頭部がズキズキする。

すこし湿っぽくひんやりとした空気。背に感じるのは、硬くて冷たいコンクリートの感触。そして、それ以上に、ぞくりとする肌がざらつく嫌な感触が全身にまとわりついている。

私は、ゆっくりと自分の身体を動かしてみようとした。

全身に小さな痛みが走る。さらに、首と手首と足首に金属の硬い感触がある。どうやら、拘束されているらしい。

動かせる範囲で視線を走らせた。

天井は闇に溶けて見えない。寝かされた床に、僅《わず》かに白い発光したラインがみえる。

この場所はかなり広いらしく、壁らしきものは闇の彼方のようだ。

どれくらい経ったのか、時間感覚がない。最後の記憶より、かなり場所が変わっているので、それなりに時間は経過しているのかもしれない。

こんな状況なのに、自分でも意外なほど冷静だった。

『私の不在』に、如月が気付くまで、それ程時間はかからないだろう。

異世界にでも飛ばされていない限り、如月はきっと来てくれる。

何と言っても、彼は主人公なのだから。ここが現実である以上、彼だって万能ではないことは理解しているが、私の中で如月は、やっぱり絶対的なヒーローだ。

とはいえ、私は涙にくれてただ待っていれば良いお姫様《ヒロイン》ではない。

それこそ、一行で生死が決定してしまうような、『その他大勢』なのだから、自分で助かるための努力はしておかねばならないだろう。

さすがに如月が私の屍《しかばね》を越えていくってストーリーは、勘弁したい。

最近、急速に親密度が増した気はするけれど、所詮《しょせん》、ただの隣人である。

隣に住むようになって二年ほど経つが、もともと交わりの少ない都会のマンションの話だ。私が白骨死体で見つかって、如月のところにマスコミが取材に訪れたとしても、「挨《あい》拶《さつ》もよくしてくださる、気さくな女性でしたよ」と言葉少なにコメントしてくれれば、有難いと思わねばなるまい。

それにしても、この発光しているラインから、すごく嫌な感触を感じる。

電灯でも、レーザ光でもない、その光から、ぞくりとするものが流れてくる。

よくわからないけど、魔法陣の上に寝転ばされているようだ。

「あら、お目覚めかしら？」

妖艶《ようえん》な女性の声。

眩《まぶ》しすぎる懐中電灯を顔にむけられ、相手の顔はよくみえない。

カツカツとヒールの音を立て、その女性は私の頭の傍で足を止めた。

「月島さん?」

私の言葉に、彼女は答えない。

おぼろげな明かりの中で、彼女の手に小さな白銀の刃が煌《きら》めいているのが見えた。

「怯《おび》えなくてもいいのよ。身体を傷つけたりはしないから」

彼女は静かにそう告げて、腰をかがめ私を見た。恋い焦がれたものを見るかのような熱を帯びた瞳《ひとみ》。

彼女の口角が、くっと上がり、ナイフを自らの人差し指に当てた。

「大丈夫よ、貴女《あなた》は、私の血を舐《な》めればいいの」

ゆっくりと、私の唇を血が滴る人差し指でなでる。

目を見開く私を見て、楽しげに彼女は笑った。

「心配は無用よ。私、貴女の身体を傷つけたりはしない……だって、私は、貴女になるのだから」

月島薫は、艶然と微笑む。

彼女の身体から、黒いシミのようなものが揺らめいていた。

それは、徐々に、闇を集め、蛇のかたちになっていく。

「私になる？」

理解が出来ない。

「貴女の身体をもらうの。そうして、私はあのひとを成功させて、そして一緒になるのよ」

夢見る少女のように目を輝かせ、嬉《うれ》しそうに月島薫は語る。

「子門さんのことですか？」

私の問いに、彼女の瞳に嫉妬の光が浮かんだ。

「その名を、気安く呼ばないでほしいわね」

彼女はナイフをちらつかせながら、冷たく目を吊《つ》り上げた。

彼女の身体から触手のように伸びて、黒い大蛇が、私の身体を搦《から》め捕っていく。息が苦しい。

印が結べない！

「九字を唱えて！」

どこからか、桔梗の鋭い声が聞こえた。

わかってはいても、手が拘束されていて、刀印が結べない。かといって、このまま死ぬのは嫌だった。

臨《りん》・兵《びょう》・闘《とう》・者《しゃ》・皆《かい》・陣《じん》・列《れつ》・在《ざい》・前《ぜん》

半ばやけくそで、九字を唱えた。全身に激しい痛みが走ると同時に、私の身体が大きく発光した。

激しい音を立て、身体を締め付けていた金属が吹っ飛ぶ。両手が自由になった。

「マイちゃん！　もう一度、九字！」

桔梗の声に、状況もわからないまま、寝そべった状態で刀印を結ぶ。

臨・兵・闘・者・皆・陣・列・在・前

燐光《りんこう》が私の指を追いかけるように線を描いた。

声にならぬ叫びが空気を大きく振動させ、黒い大蛇が私から離れる。

「大丈夫？」

ふわりと現れた桔梗に、私は身体を支えられ、身を起こした。

目の前には、先ほどの九字の衝撃で、腰をついた月島薫と憎悪に満ちた光を放つ大蛇がいる。

「すぐ、悟さまが来るわ……入り口を探すのに手間取っているみたいだけど」

桔梗は、剣を構えて、私と大蛇の間に立った。

「なぜ？　私は、貴女になりたいだけなの！　邪魔しないで！」

ヒステリックに、月島薫が叫んだ。

「マイちゃんが魅力的なのは、マイちゃんだからなの。貴女はマイちゃんにはなれない」

桔梗は、ついっと大蛇との距離をつめる。

不意に、背後で爆発音のような音がした。びくりとした私に、桔梗は「大丈夫」と、ニコリと微笑んでみせた。

桔梗の身体は暗闇の中で、鈍く発光している。原作で読んだ通りだ。それは、彼女が人ならぬ式神である証《あかし》である。

「あーあ。悟さま、完全にキレてる。早いうちに反省したほうが、貴女の身のためだけど……」

桔梗が月島薫を見ながら、首を振った。

「どうして？　私のほうが綺麗《きれい》なのに。愛しているのに！」

月島薫は叫んだ。闇が吹き荒れる。彼女の身体から、無数の蛇が放たれた。

臨・兵・闘・者・皆・陣・列・在・前

部屋の中に、力強いテノールの声が響き渡った。

目を焼きそうなほど強い光が部屋中に満ちる。

すべてを引き裂くような苦悶《くもん》に満ちた月島薫の絶叫が響き渡り、放たれた無数の蛇が光の中に溶けていく。

そして。

光が消えた時、血を吐いた月島薫が倒れていた。


白い廊下に静寂と、重く冷たい空気が満ちている。

病院の集中治療室の前で、私は如月に肩を抱かれ、苦悩に満ちた表情の年配の男と対峙《たいじ》していた。

男の名前は、月島健吾《けんご》。月島薫の父であり、ムーンライトホテルの支配人である。

「娘を、追い詰めたのは私です」

ポツリ、と彼は口を開いた。

「薫が子門君に恋をした時、私は、彼に、薫に手を出したら援助を打ち切ると言い渡しました」

健吾は首を振った。

子門は健吾にそう言われ、月島薫と明らかに距離を置くようになった。薫が何を言っても、子門は『立場が違う』の一点張りで、取りつく島もなかったらしい。そこまでは健吾の思惑通りだったようだ。しかし、それでも薫の気持ちは変わらず、健吾は薫に泣きつかれ、「画家として成功すれば交際を認める」と口走ってしまったらしい。おそらく、時が過ぎれば薫の恋はさめるはずだと高をくくっていたのだろう。

「薫は……子門君を成功させることに夢中になりました。その行動は、徐々に常軌を逸し始めていたのに……私は、気が付かないふりをしていた」

「ハウスキーパーが二人、行方不明になったと聞きましたが？」

如月の問いに、健吾は苦い顔で頷《うなず》いた。

「薫が嫉妬《しっと》するあまり暴行を加えたのです。表沙汰《おもてざた》にしないために病院へ連れて行き、治療費と称して金を渡し……薫が再び襲わぬように、姿を隠すように伝えました。一人は、まだ、郷里の病院に入院しています」

では、少なくとも生きてはいるのだと思い、私はホッとした。

「私も薫も何も言いませんでしたが、子門君は何か感じ取っていたようで……ロビーに飾る月の女神の絵が完成したら、アトリエから出て行くと告げに来ました。どうやら、薫は、それを知っていたようですね」

「その話は、いつ？」

如月の目が鋭くなる。

「今週の火曜日の話です」

それは、私たちがムーンライトホテルに行った翌日だ。

カツカツという音がして、集中治療室から子門仁が出てきた。

顔色が悪い。げっそりとしていて、明らかに生気がなかった。

「旦那《だんな》様、ありがとうございました」

子門がそっと健吾に頭を下げる。

「……お嬢様のそばに、いてあげてください」

子門の言葉に健吾は頷き、私たちに頭を下げて集中治療室に入っていった。

「僕のせいで……すみませんでした」

子門は私に頭を下げた。

「お嬢様の気持ちを知っていながら、僕は逃げようとした。それが結果として、こんなことになってしまいました」

自嘲《じちょう》めいた笑いを子門は浮かべた。

「でも、子門さんは、薫さんのことが好きだったのでは……」

私がそう言うと「どうでしょうか」と、彼は肩をすくめた。

「すべてを捨てられるほどではなかった。僕の気持ちが中途半端だったばかりに、お嬢様は僕を必死に成功させようとなさっていた。時に見せつけるように他の男とつきあったりもなさった」

「え？」

私は、意味がわからず、首を傾げる。

「私が欲しければこの男を越えろと、そんな目で、僕の目の前で何人もの男とね」

「そんな……」

そんなことをしたら、子門の心が離れてしまうとは考えなかったのだろうか。

「……だから、俺を誘おうとしていたのか」

如月が、得心したように息をついた。

「彼女は、ショックだったと思いますよ。舞さんが帰ると言った時、当たり前のように如月さんは帰ると言った。直接的に誘ったわけではありませんでしたが、今まで誘った男に断られたことは、なかったでしょうし」

さらりと言い放たれた子門の言葉に、私は下を向く。

好きな人の前で、他の男を誘うなんて普通じゃない。振り向かせたいにしろ、奮起させたいと思ってのことにしろ、なんだかあまりにも痛々しい。

「寂しかったのでしょうか」

「たぶん……イエスも、ノーも言えなかった、僕の責任です」

子門は、懐から一枚のハンカチを差し出した。

「舞さん……これを受け取ってくれませんか」

それは、アザミの花の刺繍《ししゅう》の入った小さなハンカチだった。

「あ……」

私は小さく息をのむ。

小さなアザミの花の下に、『M.S』とイニシャルの刺繍。

「何年か前、例の夢を見た時、朝起きたら、僕はこのハンカチを握っていた」

私は、ハンカチから目が離せない。

「笑いますか？　僕は、これが、夢の中の女の子の持ち物だって確信した。だから、ずっと、これを返したくて、夢にとらわれていたのです」

現実の人間関係よりも、ずっとこだわっていたと、子門は苦笑した。

「なぜ……私に？」

私は、ハンカチを手にする。

「なぜでしょう？　僕にも説明できませんが……あなたに受け取ってもらえたら、僕は夢から解放される気がする」

子門は穏やかな笑みを浮かべた。私はコクンと頷いて、ハンカチを胸に抱いた。

「……ありがとう」

子門は、ホッとしたように微笑み、集中治療室に目をやった。

「どうなるかわかりませんが……今度は、しっかり答えを出すつもりです」

月島薫は、現在『出血多量』のため、危篤状態である。

彼女が放出していた無数の蛇は彼女の血で形作られていたものらしい。

たとえ、命が助かったとしても。

彼女は『防魔調査室』の預かりになる。今後、普通の生活ができるかどうか、それはまだ、わからない。

それでも。否、だからこそ。

子門は、彼女を見届けるつもりなのだろう。

「お大事に……」

私がそう言うと、「舞さんこそ」と、子門は返す。

「舞さんは、幸せになって下さいね」

「子門さん、どんなことがあっても生きてください……」

不吉な予感から思わず口にした言葉に、子門は寂しげに微笑んだ。

「行こう」

如月に肩を抱かれ、私は病院を後にした。


日曜日。

マンションからほど近い喫茶店に、私は呼び出された。

前に座った、黒い礼服に黒いネクタイをした柳田と如月に、私の顔が強張《こわば》る。

「昨夜、月島薫が死んだ」

柳田が静かに告げた。

「世間的には、事故による失血死と発表されるだろう」

「……そうですか」

私は、視線を落とす。あの艶《あで》やかで美しい人がなぜ、と、理由を知った今でも思う。

「子門さんは？」

「とりあえず、落ち着いてはいる。記憶を操作するかどうかは親父の方も含めて……現在、本部が審議中だ」

私は、小さく頷いた。禍々《まがまが》しい呪術《じゅじゅつ》は、周囲にも深く傷を残す。記憶を操作するにしても、すべてを無かったことにはできない。記憶は消せても、過去は変えられないのだから。

「あの……もし、呪術が成功したら、月島薫さんは、私の身体に入ることが出来たのでしょうか？」

月島薫は『子門仁を成功させたい』という妄執にとらわれて。彼が絵描きとして目を向けた私になろうとした。

「それは、わからないが……仮に、君の身体に彼女が入ったとしても、すぐにわかっただろうな」

柳田は口の端を少し上げて、微《かす》かに笑う。

「マイさんの魂は、二つの魂がほぼ一つになった稀有《けう》な魂だ。見分けられない訳がない」

如月はコーヒーに手を伸ばしながら、私の目を見つめる。あまりに真剣に見つめられ、私は顔が熱くなるのを意識した。

「なんにしても、無事でよかった」

ホッとしたように、柳田は私の頭に手を伸ばそうとして……如月に手をはたかれた。

コホン、と柳田は咳払《せきばら》いをする。

「報告書によれば、マイちゃんは、手錠、足枷《あしかせ》、首枷《くびかせ》を、霊力で吹っ飛ばしたらしいね」

「え？　あ、たぶん」

私は、首を傾げた。いろいろなことがありすぎてよく覚えていない。

「俺たちは、いつでも待っているから」

「柳田！」

如月の抗議を、柳田は目で制する。

「格好つけるな、如月。お前だって、その方が嬉《うれ》しいだろうが」

如月は顔をやや赤らめ、そっぽを向いた。

「あの？」

私が不思議に思って問いかけると、柳田は口の端を少し上げた。

「転職だよ。うちの職場、女性が少ないからねー。マイちゃん、噂の逆ハーレム状態になれるよ」

「……それは、男女比率からの数学的なお話ですよね？」

私は、ふーっとため息をつく。

「干物女をからかうのは、やめてください」

柳田と如月が顔を見合わせた。

そして二人とも、私をじっと見つめる。

規格外の美形二人に見つめられ、私は居心地が悪くなった。

「あの。このハンカチ、本部さんに提出とか、必要ですか？」

私は、子門から受け取ったハンカチを二人の前に差し出す。

「それは、鈴木麻衣さんのものだろう？　だったら、君のものだ」

如月は、優しく微笑む。

「子門はたぶん、君に気が付いていた――そう思う」

「そうでしょうか……」

私はハンカチを握りしめた。

「マイちゃんが、子門にとって特別だとわかったから……月島薫も、君と代わりたかった。

彼女は子門がマイちゃんの世界にとらわれていることをどこかで、わかっていたのかもしれないな」

柳田は大きく息をつく。

カランとアイスコーヒーの氷が小さく音を立てた。

第三章　狭間の迷宮

緑の濃い季節になってきた。

この季節になると、どうにも食べたくなるモノがある。

寝通町《しんつう》にある銀炉邸《ぎんろてい》の銘菓『水ようかん』だ。厳選された小豆《あずき》を使用した上品な甘さ。一度食べたら忘れられない、そんな味だ。

定時に仕事を終えると、私は久しぶりに遠回りすることにした。

この辺りは下町の雰囲気が色濃い町だ。名所、旧跡も数多くある。

水害で生まれた家を失ってから、田中舞《たなかまい》はしばらくこの町に住んでいた。

夕焼け空を見上げながら、大きな神社の参道沿いにある銀炉邸をめざす。

銀炉邸は、有名な和菓子屋さんだ。かなりの老舗《しにせ》であり、時間帯によっては大変込み合うお店である。

「あれ？」

いつもは明るい店内の照明が落ちていた。

ふと見れば、店の入り口に張り紙がしてある。日が落ちてきて暗くなってきているため、遠目では読みにくい。

私は入り口近くまで歩く。そこには、『臨時休業』の文字が、丁寧な謝罪の言葉とともに張り出されていた。

「ついてないなあ……」

思わず、ひとりごつ。

もう気持ちの半分が水ようかんだっただけに、本当にがっかりだ。

せっかく遠回りしたのになあ、と思う。別にめったに来られないほど、すごく遠いわけではない。いつでも来られる場所ではあるけれど、やはり遠回りしてというのは面倒だ。

私は未練がましく、臨時休業の文字を見つめていたが、諦《あきら》めて駅への道へと歩き出す。

仕方ない。今日は、『森のごちそう』でクロワッサンを買って帰ろう、と思い直す。『森のごちそう』は、この近くのパン屋さんだ。この町に住んでいたころは、随分買いに行ったけど、あのお店もかなりご無沙汰《ぶさた》である。

私は住宅街にあるパン屋に寄った。駅への道としてはさらに遠回りだったが、こちらは営業していた。

ほくほくした気分で住宅街の細い道を歩き、長い階段のある場所に出た。階段の中央には手すりが設《しつら》えられていて、歩きやすい階段だ。途中に小さな踊り場があり折れ曲がっているため、下の様子は見えない。その点だけはこの時間だと、ちょっと怖い。

でも、大通りを行くよりこちらの方が近道だ。

日はもう暮れようとしていて、東の空はすでに暗くなってきた。お腹もすいてきたことだし、少しでも早く帰りたい。

私は階段をゆっくりと下りていく。ちょうど階段が折れ曲がったところで、三、四段下に立ってこちらを見上げている、七、八歳の男の子に気が付いた。

男の子は、泣きそうな顔で私を見ている。

「どうしたの？」

思わず声をかけた。

男の子は驚いたようだった。

「ひょっとして、迷子？」

男の子は答えない。だいぶ暗くなってきたから、怖かっただけなのかもしれない。

「暗いから、気をつけて帰ってね」

私は微笑んでみせた。

男の子は上へ、私は下へとそれぞれ向かう。

「そっちに行けないの」

もうすぐすれ違う、というところで微かな声が聞こえた。視線を上げると男の子の姿が透けたようになって、歪《ゆが》む。

「え？」

その時、私は踏み出した足首を、何かにつかまれたように感じた。

体勢を崩して前に倒れかけて、階段中央の手すりにしがみつき、思いっきり足を振る。靴が脱げるのと同時に足首は自由になったが、階段を踏み外した。そのまま数段ずり落ちながらも、手すりにしがみついて、なんとか転落をまぬがれる。

あちこちが痛い。手すりがなかったら、たいへんなことになっていた。

体勢を立て直しながら、辺りを見回す。

誰もいない。

しんと静まり返った階段があるだけだ。曲がり角の辺りはよく見えないけれど、何の気配も感じない。靴は、階段の一番下まで転がり落ちていた。

先ほどの男の子も、既に上って行ってしまったのか、どこにもいない。

ずり落ちた時に、激しく膝《ひざ》をすりむいたらしい。ストッキングは伝線しているし、血がにじんでいる。右の足首をひねったのかもしれない。力を入れるととても痛い。

「今日は、厄日だわ」

少し潰《つぶ》れてしまったパン屋の包みを拾い上げ、泣きたい気分になった。


足を引きずりながら、駅の近くのコンビニエンスストアに入る。骨折とかはしていなそうだけれど、とにかく足首の痛みがひどくなってきた。立っていることが辛《つら》い。

明るい店内には、たくさんの人の姿があった。

私は、ストッキングの替えと湿布、絆創膏《ばんそうこう》をかごに入れていく。足首が重い。

「あれ？　マイちゃんじゃないか」

レジの順番を待っていると、後ろからバリトンの声がした。

「柳田《やなぎだ》さん」

ストライプの半袖《はんそで》シャツにスラックス姿の柳田が、缶コーヒーとおにぎりをかごに入れて立っていた。

「どうしたの？」

柳田は私の姿を見る。眉間《みけん》にしわが寄り、切れ長の目が鋭い光を放った。

「ちょっと、転んじゃって」

「どこで？」

質問に答えようとした時、ちょうどレジの順番が回ってきた。

私は柳田に軽く頭を下げて、支払いをすます。

柳田を待っているべきか迷いながら店を出た。外はもう暗い。外から見るとコンビニの照明がとても明るく感じられた。

「マイちゃん」

柳田が店から慌てたように出てきた。

「そんな足で歩き回ってはダメだよ」

「……たいしたことはないです」

それなりに酷《ひど》い状態なのは自覚しているが、歩かないことには帰れない。

「たいしたことあるから。早急に処置をしないと。ちょっと待っていて」

言いながら、携帯を取りだした。

「柳田だ。寝通駅のそばのコンビニだ。すぐ、車で来てくれ……マイちゃんが刻印されているのを見つけた……大丈夫だ。しっかりしている……うん。頼む」

相手は如月《きさらぎ》だろうか？

それにしても、刻印されているって聞こえたけど。

刻印というのは、私の記憶と原作知識が正しいと仮定するならば、妖魔《ようま》と接触したときにつく痣《あざ》のようなものだ。大きく害になるものではないが、負傷した場所に付けられると、傷が治りにくい。また、その刻印が無くなるまでは、同じ妖魔と接触しやすくなる。

「刻印？」

私は自分の傷ついた足を見る。暗くて、はっきりとはわからない。

「大丈夫だ。妖魔より、マイちゃんの霊力のほうが強い。幸い、この辺りに知り合いがいるから、すぐに処置できる」

「……お願いします」

何をどうするのかはよくわからないけれど、柳田の表情があまりにも険しくて、質問しにくい。

「とりあえず、応急処置をしよう。湿布を買っていたよね？」

「はい」

「貸して」

言われるがままに、先ほど買った湿布薬を柳田に渡す。

柳田はパッケージを破ると、ポケットからフェルトペンを取り出した。箱を下敷きにしながら、白い湿布薬の表面に不思議な文様を描く。

「これを足首に貼って。とりあえずストッキングの上からでいいから」

体を屈《かが》めると、膝の傷が痛かったが、言われたとおりに右の足首に湿布を貼る。

ひんやりとして痛みが少しだけ和らいだ。湿布の効果なのか、柳田が描いた文様の効果なのか判断できないけれど。

柳田は腕時計を見ながら、通りを気にしている。如月を待っているのだろう。

「柳田さん、お仕事中だったのではないのですか?」

柳田が手にしていたのは、コーヒーとおにぎり。夕飯にしては軽食だ。

「まあね。でも、こんな状態のマイちゃんを放置するわけにはいかない」

通りを見ていた柳田が、片手をあげた。

如月の車だ。

駐車場に入って停車すると、運転席から如月が降りてきた。白の半袖シャツにスラックス。柳田と同じくノーネクタイだ。

「マイさん」

私を見つめて如月は眉間にしわを寄せた。

「酷いな。大丈夫?」

「柳田さんのおかげで、少しよくなりました」

立っている分には、なんとか平気になってきた。もっとも、膝の擦り傷はズキズキ痛むままだけど。

「早急に処置が必要だ。寝通大社へ行ってくれ」

「わかった」

私は如月に手を引かれ、車の後部座席に座る。相変わらず、絵にかいたような紳士である。きっと、無意識でやっていることなのだろう。

助手席に柳田が座ると、如月はゆっくりと車を発進させた。

時計を見れば、もう七時をまわっている。

「拝観時間は、とっくに終わっているのでは？」

寺社の拝観時間は、五時ごろまでが一般的だ。日が沈むと門を閉めてしまう寺社が多い。

「マイちゃん、俺たちは観光するわけじゃないから」

それはそうなのだろうけど。観光にしろそうでないにしろ、拝観時間外に寺社へ行く用事というのは経験したことがない。

さすがに拝観時間を過ぎているせいか、寝通大社の駐車場は、ガランとしていた。

「俺は先に行って準備をしている。マイちゃんは、痛いだろうから、如月とゆっくり来て」

「はい」

原作知識によれば、刻印は水で清めて祝詞《のりと》を奉じると消えたはずだ。

それにしても、大ごとになってしまった。

車を降りながら、私は痛む右足首に視線を落とす。

「歩ける？」

「はい。大丈夫です」

如月に頷《うなず》きながら私は歩きだそうとした。体重をかけたとたん、ずきりと痛み、思わず顔をゆがめてしまった。

「大丈夫じゃないな」

「え？」

突然、足をすくいあげるように後ろから抱き上げられる。

何が起きたのか、一瞬わからなかった。

「き、如月さん？」

「マイさんは無理をしすぎる。そんな足で歩いたら、妖魔の思うツボだ」

私を横抱きにして、如月は歩き始める。重いだろうに、そんな様子はみじんも見せない。

もしかして。これはいわゆるお姫様だっことというやつではないだろうか？　主人公さまに私がお姫様だっこされるなんて、あり得ないと思う。完全にミスキャストだ。

「あの……歩けます」

胸がドキドキしすぎて苦しい。自分の体温が急上昇し、全身ゆでだこ状態になっていく。痛みはどこかに吹き飛んでしまった。

見上げると如月の顔がとても近い。如月の顔は真っすぐに前を見ていて、真剣そのものだ。

「マイさんが無理をしたら、無理をしただけ妖魔はマイさんの生気を吸う。刻印とは、そういうものだ」

「ごめんなさい。でも……」

「少しの間だ。我慢して」

我慢するのは、私じゃなくて如月の方だろう。

私は如月の硬い胸に顔をうずめ、赤いであろう顔を隠す。

負傷した私をやむを得ず運搬してくれているのだ。私が変に意識して、ドキドキしていてはやりにくいだろうと思う。

「それにしても、どこでこんな傷を？」

「か、階段で転びました」

私は煮えたぎる血液を抑えようと努力しながら、答えようとするが、声が上ずる。

「いつも通る場所？」

「いえ、今日はちょっと寄り道を」

水ようかんを食べたいと思ったばかりに、大変なことになってしまった。

ちょっとした思い付きで行動した結果、如月たちに迷惑をかけている。

「帰りに寄り道は、あまり賛成できないな」

如月の言葉が厳しい。

まるで保護者のようなセリフだ。柳田によれば、彼は私を『監視』する立場らしいから、当然かもしれない。

「マイさんの霊的魅力はどんどん高くなっている。もちろん、それにともなって霊力も高くなってきているが、まだ、実戦経験が足りない。何かあってからでは、遅い」

「……すみません」

犬も歩けば棒に当たる。私は歩くと妖魔と出会う……ということらしい。

妖魔に出会った自覚は全くないけれど、刻印されたというのなら、あの時、私の足首をつかんだのは妖魔だったのだろうか。

「少しでもおかしなことがあったら、連絡してくれて構わない。俺が行けなくても、桔梗《ききょう》を行かせるから」

「はい。でも……」

私としては、転んだくらいで連絡するのは心苦しい。

「マイさんは遠慮をしすぎる」

私の心を読んだのだろうか。

「妖魔が絡んでいなくても構わない。マイさんは、もっと人に頼るべきだ」

「如月さん……」

如月の優しさに戸惑う。そんなに優しくされてしまったら、私の心は如月の隣人でいられなくなる。これ以上、心の奥でくすぶる想いを育てたくはないのに。

大きな鳥居をくぐると、街灯に照らし出された大きな拝殿が玉砂利の向こうに黒っぽく浮かび上がっている。夜祭の時に灯《とも》されるという石灯篭《いしどうろう》の照明はついてはおらず、樹木が生い茂った境内は、全体的に薄暗い。

「如月、こっちだ」

声の方角を見れば、社務所と思われる小さな建物の灯《ひ》の下に、柳田と女性が立っていた。

年齢は私と同じくらい。ほっそりとした美人だ。水色の半袖《はんそで》のブラウスに、紺地のワイドパンツをはいている。

如月は二人の姿を認めても、私を抱き上げたままだ。柳田も驚いた様子はない。

どうやら、私は本当に『歩いてはいけない』状態だったようだ。

「マイちゃん、まず中で早苗《さなえ》に傷を手当てしてもらってきて。如月はマイちゃん降ろしたら、こっちを手伝え」

「わかった」

如月は女性の後について社務所に入って、入り口近くにあった椅子に私を座らせた。

社務所の入り口は、事務所になっている。事務用のデスクがならんでいて、パソコンやファックス、コピー機などが置いてある。ほぼ、一般的なオフィスと同じ光景だ。ほかに人影はなく、奥の方の電気も消えているようだ。

「こんな時間にすみません」

明らかに、本来なら誰もいない時間だと思われた。

この人はどういうひとなのだろう。先ほど柳田が名前を呼び捨てしていたところを見ると、柳田のかなり親しい知り合いなのだろうけど。

「いいのよ。防魔《ぼうま》調査室《ちょうさしつ》にはお世話になっているから」

女性は奥の棚から救急箱を取り出した。

「特に瞬《しゅん》には世話になっているから、気にしないで。私は森早苗《もり》。一応、ここの宮司の一族なの」

「森早苗さん？」

思わず名前を聞き返す。その名前には聞き覚えがある。

『闇《やみ》の慟哭《どうこく》』の短編の一つに、『狭間の迷宮』という話があった。話は柳田の過去の恋愛話で、悲恋に終わる話だ。

その時のヒロインの名は、確か森早苗だったはずだ。

「ひょっとして、柳田さんの彼女さんですか？」

私の問いに、彼女はぷっと噴き出した。

「やあねえ。違うわよ。私と瞬は幼馴染《おさななじみ》なの」

「幼馴染？」

「瞬の父親がうちの社人だったから、幼少期、うちで修行したこともあったの。もっとも、優秀すぎて、父では教えられなくなっちゃったけど」

早苗は救急箱を開いた。社人ということは、神社の関係者ということなのだろう。小説ではそんな設定ではなかった。というか、柳田が神社関係者って初耳だ。

「言っておくけど私は既婚者。本当に何でもないのよ。ところで、ストッキング、脱げる？」。

頷いて、ゆっくりとストッキングに手をかけた。すりむいた膝《ひざ》から出た血が固まってい
て、ストッキングが張り付いている。大した傷ではないとはいえ、痛いものは痛い。血の
ついたストッキングをなんとか脱いで、早苗に向き直った。

「随分すりむけちゃって。痛かったわね。こっちはただの擦り傷とはいえ、本当に痛そ
う」

彼女は丁寧に私の傷口の汚れをふき取って、大きな絆創膏《ばんそうこう》をぺったりと膝に貼り付けて
くれた。

「小学生みたいで恥ずかしいですね」

「この程度で済んで、本当に良かったわ」

足首のほうは明かりの下で見てびっくりした。黒いシミが巻き付いたようになっている。
内出血による青あざとは明らかに違うものだった。

「こっちは、傷とは違うわね」

早苗は顔をしかめ、先ほど柳田が文様を描いてくれた湿布薬をペタン、と貼りなおす。

治療を終えて、私は早苗に肩を借りながら社務所の外に出た。

先ほどまでついていなかった石灯篭に、明かりが灯されていて、境内全体がぼんやりと

した光に包まれていた。

「マイさん、こっち」

拝殿前の玉砂利に椅子が置かれ、如月がそばに立っていた。傍らには木《き》桶《おけ》が置かれている。

私はゆっくりと歩いていき、その椅子に腰をおろす。

見回すと、柳田は少し離れたところにある鳥居のそばに立ち、私たちと拝殿のほうを見ていた。

「ごめん、足に触る」

如月が木桶を手に、私の足元に片膝をつく。木桶の中には、どうやら水がはいっているようで、ゆらゆらと僅《わず》かに光を反射している。

そして、柳田が文様を描いた湿布薬をそっと剝《は》がした。

ズキリと激しい痛みが走り、思わず声が漏れた。

「痛む？」

「……大丈夫です」

「森さん、明かりをここに」

如月の指示を受けた早苗が、懐中電灯の光を如月の手元に向けた。

治療とわかっていても、無防備な素足に手を触れられて注視されているのは、とても恥ずかしい。でも恥ずかしがったりしたら、如月もやりにくいだろう。私は必死にポーカーフェイスを装う。

足首の黒いシミを確認すると、如月は眉《まゆ》をひそめた。

「かなり酷《ひど》いな」

如月の長くて硬い指が私の足首に触れ、優しく持ち上げる。如月の顔がゆっくりと近づき、温かな息を肌に感じたと思った瞬間、柔らかな唇が足首に触れた。

ドキリ、とする。

治療の一環だと理解はしているのに、心臓が早鐘を打つ。

柔らかな呼気を感じるとともに、温かなものが足首に流れてきた。それ以上に全身の体温が上がっているのは、術の効果というだけではないだろう。

如月の唇がゆっくりと離れていったのに、私の身体はまだ熱く、心臓の鼓動は早いままだ。

「まだ痛む？」

「いえ、だいぶ良くなりました」

言われて、痛みがかなり消えているのに気が付いた。効果は絶大だけど、心臓には随分悪い治療法だ。

「少し冷たいかもしれない」

如月は私の足首をゆっくりと木桶につける。

言われて覚悟をしていたのに、思わずびくりとしてしまうほど、ひんやりとした水だった。如月の手が、優しく水をかける。そして私の足首を撫《な》でるように清めていく。その水音を聞きながら、私はまた『狭間の迷宮』の話を思い出していた。


柳田は丁寧に、森早苗の腕につけられた刻印を清め始めた。

早苗の腕にべったりと闇が張り付いている。

「痛む？」

「いいえ。平気よ」

早苗は気丈に微笑んだ。


「痛むのか？」

「……いいえ」

心配げな如月の声で、私は我に返る。

顔を上げると、心配そうな早苗が懐中電灯で私の足元を照らしてくれていた。

どういうことだろう。

すごくあの話と似ているような気がするけど、刻印されたのは早苗ではなく、私だ。刻印は早苗の腕についていたけど、私の場合は足で。足を清めているのも柳田でなく、如月だ。同じ、というには違いすぎる。

ふと、桶の水の冷たさを感じなくなって、中を覗《のぞ》きこむ。懐中電灯の光の中で、水に黒い何かが溶け始めたのが見えた。

「それじゃあ、こっちも始める」

柳田は、鳥居のほうから拝殿に向かって声を上げた。

「大祓《おおはらえ》の言葉」

境内に鳴り響くほど、大きく柏手《かしわで》を打つ。

周囲の空気が引き締まったように感じた。

「高天原《たかあまはら》に神留坐《かむづまりま》す」

祝詞《のりと》が始まる。大祓の言葉は、原作知識によれば神道において穢《けが》れを祓《はら》う儀式で唱えるものだったと記憶している。

柳田の低い声が朗々と響き渡る。ひと言発するたびに、何かが作り変えられていくように感じられる。桶の中の水が光り始めた。

境内の空気が澄んでいく。街中だというのに、夜空の星さえ明るく輝きだしたように感じた。

すぐそばには、繁華街があるというのに、柳田の声と私の足を清める水音だけが辺りに響いている。

柳田の祝詞が終わると、私の足首についていたシミは消えていた。


処置が終わると早苗に礼を言って、私達は如月の車に戻った。

まだ膝の傷は痛むものの足首の痛みは消えて、足を引きずらなければならないというほどではなくなった。

歩いて帰ります、と言おうとしたら、「まだ終わってない」と、如月に睨《にら》まれて、後部座席に座らされた。

確かに、刻印を祓っただけで何一つ解決はしていない。

駐車場の街灯が眩《まぶ》しく輝き、蚊柱が立っている。如月がエンジンをかけ、空調のスイッチを入れた。

「何があった？」

私は階段の途中で男の子に会った時、どうやらその子が消えてしまったことと、そのあとで足首をつかまれ、転んだことを二人に話した。

「なるほど」

パチリ、と助手席の柳田が車内灯をつける。

キーボードを弾《はじ》く音がして、開いたノートパソコンを手渡された。

「マイちゃん、ひょっとして、この子じゃないかな？」

私は、ディスプレイに映し出された男の子の顔を見て驚く。

あの階段で見た男の子に似ている。

「似ている……と思います」

薄暗かったし、それほどマジマジと見たわけじゃないから、確信は持てない。でも、年齢や雰囲気は似ていると思った。

写真の下に調書のようなパーソナルデータの記載があった。

銀炉邸を営む林良蔵《はやしりようぞう》の長男、林大樹《だいき》七歳。二日前、友人と公園で別れた後、行方不明とある。

公園の場所は、あの階段のすぐ近くだ。

銀炉邸という名に驚く。大好きなお店の息子さんだったのだ。私はあの場所で、あの子に会うべくして会ったのかもしれない。

「実は神隠しの線が考えられていてね。刑事事件としての捜査と並行で、うちも調査をはじめたってわけ」

「神隠し？」

「この地区は古いものが多い。大地の力も強く、人の数も多い。妖魔《ようま》はそんな場所を好む」

顔を上げると、後部座席のほうを見ている如月と目が合う。そういえばこの辺りはパワースポットが多いと噂で、ひそかに人気だと聞いたことがある。

「ほかに、気が付いたことはある？」

柳田に問われ、私は必死に思い出そうとする。

そういえば、あの時、あの子はなんて言っていただろう。

「そっちに行けないって、言っていた……」

男の子の泣きそうな顔を思い出す。

柳田は私からノートパソコンを受け取ると、「ふむ」と、顎《あご》に手を当てた。

「状況から見て、この子はマイちゃんに刻印した妖魔に捕らわれている可能性が高い」

私は自分の足首に目を落とす。

私は逃げられたけど、あの子もあんなふうに捕まったのだろうか。

「林大樹君は、無事でしょうか？」

私は恐る恐る尋ねた。

「五分五分だな」

如月の声が苦い。

「『行けない』と言うからには、捕らえられているのだろう」

「妖魔にですか？」

あの子が声を発してすぐ、姿が透けて歪《ゆが》んで見えた。

「狭間……」

私は、もう一度『狭間の迷宮』を思い出す。

あの話は、柳田と森早苗しか出てこなかったはずだ。

狭間という妖魔を柳田が仕事で追っている時に、妖魔に刻印された森早苗と出会う話である。

狭間は、次元のくぼみに人をとじこめ、幼魔の食料にする妖魔だ。

恋に臆病《おくびょう》な早苗と柳田が、静かに惹《ひ》かれていく大人の恋が描かれる。

そんな中、早苗は住んでいたマンションの階段の踊り場で狭間に捕らわれる。そして、あわやという時に、柳田に救われるのだ。

しかし、妖魔に襲われた早苗の精神的なショックは大きく、柳田は、彼女の柳田と出会ってから事件までの記憶を消去する。

ラストシーンは、風で吹き飛んだ早苗の帽子を拾い上げた柳田に、早苗が丁寧にお礼を述べて、去っていくシーンで終わる。相愛であったはずの早苗は、まったく思い出すことがなくて。見つめる柳田の瞳《ひとみ》だけが、彼女の背中を追っている。そんな、ものすごく哀しいラストであった。

柳田の過去の話なので、如月すら出てこない。しかし、柳田の哀しいロマンスがファンの間で大人気だった作品である。

もっとも。あの話と今の状況を結び付けるのは、かなり無理がある。

刻印されたのは私だし、捕らわれていると思われるのは小学生の男の子だ。

「柳田さん、森早苗さんはご結婚なさっているって、本当ですか？」

「え？」

突然の質問に、柳田は驚いたようだ。

「そうだけど、マイちゃん、どうかしたの？」

「やっぱり気のせいかな？」

私は首を傾げた。一致する箇所があまりにも少ない。

「あまり信じないでいただきたいのですけど」と、前置いて。私は、『狭間の迷宮』のストーリーについて話した。

「つまり、柳田さんの恋のお話だったのですけども」

「ふーん。それが、前に言っていた小説の話ね」

柳田が苦笑した。

「残念ながら、ここ一年くらい、俺、フリーだし。それに相手が早苗なんて全くありえないよ。あっちもそう言うと思うね」

マイちゃんみたいな子の方が好きだな、というサービスコメント付きだ。うん。相手はいなくても、モテるのはよくわかった。

「狭間って妖魔についてはどうですか？」

「次元のひずみに巣くう輩《やから》だな」

如月が答える。

原作では、マンションの階段の踊り場に現れるのだけれど。

「最近の出現情報は聞いてはいないが、あれは、どこでも現れる可能性があるから、狭間の仕業という可能性は、あると思う」

「……大樹君が狭間に捕らわれている可能性はどうですか？」

「あると思う。相手が狭間だとしたら、まだ生きている可能性が高い」

柳田は言いながら、カーナビを操作した。

「その階段の場所はどこ？」

「住宅街から、大通りに抜ける小さな道です」

私は、後ろから身を乗り出して、ディスプレイの画面を指さした。

「じゃあ、行くしかないな。マイちゃん、時間は大丈夫？」

「はい」

私は頷《うなず》く。

「足は大丈夫なのか？」

「大丈夫です」

如月は過保護なくらい心配性だ。無傷ではないけれど、刻印は祓われている。十分歩ける。

「それより、大樹君を助けたいです」

あんな小さな子が、ずっと妖魔に捕らわれている。そう思うと、じっとしていられない。

「そうだね。助けられるかどうかは、時間との勝負だとは思う。マイちゃんの協力も必要だ」

柳田の言葉に頷きながら、私は自分の手を握り締めた。

ムーンライトホテルの一件では、私が訪れたことがきっかけで、月島薫《つきしまかおる》の凶行に拍車をかけた。その結果、月島薫は亡くなった。もちろん、彼女が常軌を逸し始めていたのは、私と出会う前だ。私と会わなくても、その後、どうなっていたかはわからない。わからないが……心は重い。

だからこそ、もし、私が誰かを救えるのであれば――救いたい。それが償いになるかどうかはわからないけれど、鈴木麻衣《すずきまい》がこの世界に来た意味なのかもしれない。

「行くぞ」

私たちはシートベルトを締める。

如月が車を発進させた。

既に九時をすぎた。辺りは、木の葉が風に揺れる音が聞こえるくらい静かだった。

階段のあたりは道が狭いので、車は階段下近くの駐車場に停めてきた。

「ここだな」

街灯に照らし出された階段は上へと延びている。大通りから離れているせいだろうか。人影は不思議なくらい全くなかった。

「あやかし階段か」

如月が呟《つぶや》く。

「あやかし？」

「一部では有名な階段だよ。知らなかった？」

柳田が苦笑した。

「上からと、下からで階段の段数が違うって話でね」

「……そうなんですか？」

何度も通ったことがあるけれど、そんな話は聞いたことがなかった。

どういう原理なのだろう？

「実際は、そこの一番下の段がすごく低いから、数え間違えるってだけなんだけどね。その昔は、かなり狭い階段でね。昼間でも暗い道だったそうだ」

見上げた階段は、とてもきれいに整備されている。何も知らなければ、ここが怪談スポットだなんて気が付かないだろう。

「あやかし階段の名はそのころの名残でもあるのだが……」

柳田は大きくため息をついた。

「怪談スポットってやつは、人の噂に上れば上るほど、本物の妖魔を引き寄せるという厄介な特徴があってね」

「次元のひずみを住処《すみか》にする狭間には、もってこいの『噂』ということですか？」

段数があわないから、『もう一段あるはず』の階段はどこにあるのかと、恐怖する。その恐怖が本当のひずみをつくってしまうということ？

「条件は、それだけではないが」

場所、時間、季節。そんなものも関係して、簡単に出現するものではないらしい。

「どうやら、日没時で次元のくぼみの接点が近かったようだな」

「穴がどこにあるか、まったくつかめない」

如月と柳田が階段を調べても、大樹君の姿はどこにもない。階段の一番下から見上げていても、ただ街灯に照らされた白い階段があるだけだ。

「私に何かできることはありませんか？」

ただ見ているだけでは、もどかしい。

「ちょっと危ないかもしれないけど、やってくれる？」

「柳田」

如月が眉根《まゆね》を寄せる。

「やらせてください」

時間との勝負なら、やれることをやらなければ後悔する。

如月は私のほうを見たが、それ以上は何も言わなかった。

「それで、私はどうすれば？」

「大樹君の名を呼んでくれればいい。マイさんの声なら、次元のくぼみからも聞こえるはずだ」

「向こうが反応してくれれば、後は俺たちがやる。こじ開けるのは簡単だから」

私は頷いて、深呼吸をした。

柳田が階段の一番上に上り、如月が下側の私の隣に立ち、見守ってくれている。

何があっても、二人がいる。意を決して、階段を一段上った。

「林大樹君」

階段の上を見つめながら、声をかける。

辺りは沈黙したまま、何も変わらない。

風の音すら聞こえない。

「大樹君」

私は名を呼びながら、ゆっくりと階段を上っていく。

踊り場のようになっている曲がり角、ちょうど彼が立っていたあたりに差し掛かった。

『助けて』

かすかに声が聞こえた。

私は思わず、如月を振り返った。

「何があった？」

「声が……」

聞こえた、と言おうとした。

「マイさん！」

突然、大気が歪《ゆが》み、大地が揺れた。

如月が階段を跳ぶように上ってくるのが見える。

立っていられず私は手すりにつかまり、身体を支えようとした。

「影だ！」

柳田の声が聞こえたその時、街灯に照らし出されてできた私の影が波打ったように見えた。声を上げる暇もなく、足元が不安定になりずぶずぶと影に身体が沈みはじめる。

「マイさん！」

二人の声が遠くなった。目の前の色彩が失われている。暗くはないが、明るくもない。穴に閉じ込められてしまったかのように、周囲の景色が消えてしまった。そこは、空も大地もなく、全体が薄ぼんやりとした壁のようなものに包まれているようだ。

何かがせわしなく音を立てている。

ゆっくりとそちらに目をやると、人の身体より一回り大きい蜘蛛《くも》のようなものが、闇色の糸を吐きだしていた。大きくて細い脚が休みなく動いている。顎《あご》らしき部位に鈍く光る牙《きば》が見えた。

足が動かない。

私の両足に、大きい蜘蛛の出している糸が巻き付いていた。その体の複数の目に、私の姿が映っている。

これが、狭間？

不思議と、私は落ち着いていた。というより、あまりに非現実的すぎて、パニックになることもできなかっただけなのかもしれない。

言葉にならない悲鳴のような、微《かす》かな気配を感じた。

そちらに目を向けると大蜘蛛の傍らに、黒い繭のような塊があった。ちょうど大樹君と同じくらいの大きさ。ぐるぐると闇色の糸がまかれているが、よく見ると人の形のように見える。

「大樹君？」

私の声に反応するかのように、わずかに塊が動いた。

生きている！

私は右手に刀印を作った。

臨《りん》・兵《ぴょう》・闘《とう》・者《しゃ》・皆《かい》・陣《じん》・列《れつ》・在《ざい》・前《ぜん》
私はうごめく大蜘蛛に向かって、九字を切る。宙に描いた線が、光となって蜘蛛に突き刺さった。

世界が切り裂かれ、唐突に色彩が戻ってくる。動かなかった足が自由になった。

気が付くと階段の踊り場に私は立っていて、大蜘蛛と黒い塊は階段の一番上にいた。

「マイさん！　下がって」

如月が大蜘蛛の前に立つ。右手には金色の独鈷杵《どっこしょ》を構えていた。

「助けて！」

しっかりとした男の子の助けを求める声が、大蜘蛛の足元からした。

大蜘蛛は如月から逃げようとしたのか、脚を動かす。もぞもぞと動く脚が、すぐそばにあった黒い塊を蹴《け》り落とした。

「大樹君！」

私は、階段を転がり落ちる塊を飛びつくようにして抱き止めた。私の人生二人分の中で、一番のファインプレーだ。

すりむいた膝《ひざ》をまた強打してしまったけれど、それどころではない。

「ゆるくも、よもや許さず縛り縄、不動の心あるに限らん」

柳田の声だ。大蜘蛛のガサガサという脚音がピタリと止まる。

臨・兵・闘・者・皆・陣・列・在・前

テノールの声と共に、世界が金色の光に包まれ、大蜘蛛の咆哮《ほうこう》が轟《とどろ》く。

大蜘蛛は、ゆっくりと光に焼かれ溶けるように消えていった。

「大樹君！」

大蜘蛛といっしょに、黒い塊の糸もなくなり、私の腕の中に小さな男の子が現れた。街灯に照らし出された大樹君は、半袖《はんそで》のTシャツに半ズボン姿だ。見れば、腕や足のあちこちに擦り傷や打ち身がある。いずれもひどいものではないが、痛そうだ。

「意識を失っている。あまり動かすな」

私は大樹君の頭を動かさないように、ゆっくりと寝かせる。呼吸はしているが、とてもゆっくりだ。顔色も悪く、げっそりとしている。素人目から見ても、かなり衰弱していた。

「一二三四五六七八九十《ひとふたみよいつむななやここのたり》、布留部由良由良止布留部《ふるべゆらゆらとふるべ》」

如月は大樹君の額に手を当て、呪言《じゅごん》を唱える。これはたしか布瑠《ふる》の言《こと》だ。死者をも蘇生《そせい》させると言われる、いわばヒーリング魔術。

もっとも、さすがに小説でも本当に死者を蘇生させるのは無理だった。

それでも、ある程度の効果はあるらしい。薄暗い街灯の明かりの下でも、大樹君の顔に少しだけ赤みがさしたように見えた。

「救急車を呼んだ。この子は足を滑らせて、下水溝に落ちていた」

柳田が、静かに告げる。

「下水溝？」

「……妖魔《ようま》に捕らえられていた記憶は、この子の未来に必要ない」

如月が、大樹君の額に手をのせたまま指を軽く弾《はじ》く。

確かに、妖魔に捕らえられて苦しんだことなんて、覚えていても辛《つら》いだけかもしれない。

多くの人にとって、この世界は、『妖魔などいない』世界で、大樹君はこれから、その世界に戻っていくのだから。

救急車のサイレンが近づいてくる。

「頑張ったね、大樹君」

私は、そう言って大樹君の手を握る。

気を失っているはずの大樹君が、ほんの少し微笑んだように見えた。


二週間ほど過ぎて。

私は、如月と柳田といっしょに、銀炉邸にやってきた。

大樹君は、数日入院はしたものの、無事退院することができ、しばらくは発見されたニュースでにぎわったようだが、今は平穏を取り戻している。

店内はいつも通りの賑《にぎ》わいをみせていた。

私はようやく水ようかんをゲットすることができ、大満足である。

如月と柳田も店内の様子を見るために一緒に来てくれて、職場用に上等な和菓子を買っていった。妖魔から人々を守る退魔のエリートが、嬉《うれ》しそうにお菓子を選ぶ様子はなかなかに微笑ましい。

買い物を済ませた後、私達はあやかし階段を見に行った。

太陽が眩しく、汗がにじむ季節だ。民家の垣根に植えられたアジサイがすっかり満開だ。

「思ったより、安定しているな」

「ああ。大丈夫そうだ」

如月と柳田が階段の上に立ち、下を見下ろした。

次元のひずみはなくなったようだ。空は濃い青をして、太陽の光は眩《まぶ》しさを増してきている。

階段を下りて、路地を曲がると小さな公園で子供たちがボール遊びをしていた。

「大樹君だわ」

全力で走り回って笑っている子供たちの中に、私は大樹君を見つけた。

とても楽しそうな笑顔だ。

「良かった」

大樹君は、狭間に捕らわれていた記憶を消されたから、私達のことは全く覚えてはいないだろう。

でも、それでいいと思う。痛い思い。苦しい思い。それらすべてを消すことはできなかっただろうけど。少しでも苦痛が小さくなるのなら、その方がいい。

「あの子は、もう大丈夫そうだ」

柳田は目を細める。

「……で、マイちゃん、いつ、転職予定？」

「へ？」

「柳田！」

如月が柳田をにらんだが、柳田は気にしていないようだった。

「マイちゃんがいたから助けられたと思う。マイちゃんは得難い才能を持っている」

「才能……ですか？」

かつて、自分の人生二人分の中で、才能があると言われたことって記憶にない。

私が誰かを救えるなんて、考えたこともなかった。

不意に、ボールが目の前に転がってきて、思わず私はそれを拾う。

「ごめんなさーい！」

大樹君が走ってくる。

私は笑って、それを投げ返した。

「ありがとう！」

私の投げたボールを受け取って、大樹君は笑顔で友達のほうへと戻っていった。

「あの笑顔を守ったのは、マイさんだ」

如月の手が伸びて、私の頭に優しく触れる。

思わず見上げたその瞳《ひとみ》は、びっくりするほど優しくて。私の胸はふわりと熱くなった。

第四章　赤の絆

この世界に来てから、一か月が経過した。

私は、ほぼ、平穏な日常を送っている。

柳田瞬《やなぎだしゅん》が言ったとおり、普通の生活ではなくなったような気もするが、道を歩いていて絡んでくるような小物の妖魔であれば、自力で解決できるようになった……それはそれで、正統派背景キャラではないとは思うけど。（そもそも、正統な背景って変な言い回しだ）

『闇《やみ》の慟哭《どうこく》』に酷似したこの世界ではあるが、あまりにも原作と違う事件が多すぎる。私は原作知識にこだわることに危険を感じ始めた。

雪野《ゆきの》さやかは、異界渡りとは無関係だった。ヒロインであるはずの月島薫《つきしまかおる》は、呪術《じゅじゅつ》を使って死亡した。森早苗《もりさなえ》は既婚者で、刻印されたのは私だった。

それでも、妖魔は出現するし、如月《きさらぎ》も桔梗《ききょう》も、柳田も実在する。

なんにしても、背景キャラの田中《たなか》としては、もう表舞台に立つことなく、平和な毎日を過ごせるにこしたことはない。

私は考えを打ち切って、スーパーのカートを手にした。

土曜日の午後、一人暮らしの女のするべきことと言えば、食料の買い出しである。

一週間分の献立を思い描きながら、お買い得品を買い物かごに放り込む。

あれ？

スーパーの女性客たちの様子がおかしい。

遠巻きに、ある人物に視線を送りながら、そっと自分の服装をなおしたり、妙にすました顔で歩いたりしている。

「あ」

スラリとした長身。夏物の半袖《はんそで》のTシャツに、ジーンズ姿の男性が、カートを押している。

めちゃくちゃカジュアル！　初めて見たかも。今まで、ビジネススタイルモードしか見たことがなかったから、ものすごく新鮮だ。

私は、他の女性客と同じように、如月悟《さとる》に見惚《みと》れた。

主人公さまは、何を着てもカッコイイらしい。

とにかく目立つ。だが、本人には、あまり自覚はないのだろう。もしくは私と違って、注目を浴びることに慣れきっているのに違いない。

普通に鮮魚売り場で立っているだけなのに、絵になるって凄《すご》すぎ。漫画で言えば、彼の周りだけキラキラがあるというか、花を背負っているというか。次元の違うイキモノである。

私はため息をつき、如月から視線を外した。この状況で、彼にご近所さんの社交辞令挨《あい》拶《さつ》に行く勇気はない。

私は自分のわきにある、おつまみ売り場に入り込む。もともと、つまみ用のサキイカを買う予定だったから、隠れたわけではない、と自分に言い訳する。

サキイカとチーズたらを籠《かご》に入れると、そっと鮮魚売り場に視線を送った。

今日は、手巻き寿司《ずし》の予定である。一人なら、ちらし寿司が一番楽だ。しかし私は、海《の》苔《り》巻《まき》が大好きなので、手巻き寿司という様式が無性に好きなのだ。

如月の姿は既にない。

私は、ホッとしてカートを押しながら鮮魚売り場へ向かう。

「サーモン、うーん、でもしめ鯖《さば》も好きだけど……うーん、正統はマグロだし」

ブツブツ呟《つぶや》きながら、魚を吟味する。お一人様手巻き寿司は、どうしても魚の種類が限定されるから、ここは真剣勝負である。

「やあ」

「どわっ」

私は、背後から降ってきた聞き慣れたテノールの声にびくりとした。

「こ、こんにちは。如月さん」

思わず強張《こわば》りながら、振り返る。

「買い物?」

如月はにこやかで眩しい笑顔を私に向けている。彼の笑顔で、周囲にどよめきがおこったような気がした。

「は、はい。如月さんも、お買い物ですか?」

周りの視線におびえながらも、私は彼の押しているカートに視線を送る。なんだか、レトルトのパッケージばかりだ。

「お忙しいのですか? レトルトばかり食べていると身体に悪いですよ」

如月が料理をするかどうかはよくわからないが、桔梗は料理が出来る。もっと新鮮なものを買ってもいいのに、と思う。

「最近、忙しくて外食が多くてね」

如月が苦笑する。なるほど。家に食材を置いておいても、腐ったら勿体《もったい》ないものね。

「レトルトや外食ばかりでは身体に悪いですよ。たまには、うちでいっしょにお食べになりますか？」

冗談めかしてそう言うと、如月は「ぜひ」と眩しい笑顔で応《こた》えた。

あれ？　これって。

私は、今のやり取りを頭の中で反芻《はんすう》する。

これは、『赤の絆《きずな》』の冒頭だ。

全く無意識だったけど、完全に小説を再現してしまった。

でも、まあ、これが『赤の絆』の田中のシーンだったとしても、これで終わりだし、しかも今回なんの伏線もないシーンだから問題ないだろう。

「……それで、今晩は、何の予定？」

「へ？」

なぜか、ニコニコ顔の如月に問われて、私は我に返る。

「えっと。手巻き寿司を食べようかと」

「いいね」

ご機嫌な如月の端整な顔を眺め、私は、一瞬、頭がフリーズした。

あれ？　これって、今晩、私がうちでご馳走《ちそう》する流れになっている？

「俺は、ひかりものとか好きだけど、マイさんは？」

「す、好きですね」

嬉《うれ》しそうに魚を選ぶ如月を、私は呆然《ぼうぜん》とみる。

小説では、完全な社交辞令だったと思うのだけどなあ。

これでは、スーパーでデートしているカップルみたいだ。夕飯の相談とか、おうちデートみたい。

そうでない、と言えるのは、如月もカートを押しているところくらいか。

なんだか、自分が勘違い女ルートに入ってしまいそうな気がして怖い。

如月は、私を女として意識していないみたい……。

私が、胃袋を捕まえようとしたたかに企《たくら》んでいるとか、色仕掛けで誘惑しようとする危険とか、考えていないのかな、と考えて首を振った。

考える必要もない。そうしようと思ったところで、私にはスキルがなさすぎる。

たとえ色仕掛けをして如月にすがったとしても、軽くいなされて終わってしまう気がして落ち込んだ。

「如月さんは、女性に勘違いされて困ったことはないのですか？」

「勘違い？」

私の問いに、不思議そうに如月は首を傾げる。

「なんでもありません」

私は、質問を引っ込めた。如月は恋愛偏差値も高い。きっと、勘違い女も、余裕で避ける技能を持っているに違いない。

モテない私が如月を心配することはない。私が心配しなくてはいけないのは、私の気持ちの方だ。

「酒は俺が買うよ」

戸惑う私の気も知らず、如月が微笑した。


「この卵焼き、美味《うま》いね」

如月が嬉しそうに、卵焼きを頬張る。

「あ、マイちゃん、その納豆、とって」

桔梗が優雅なしぐさで、海苔にご飯をのせてマキマキしている。

いつも思うけど、式神って、食べたものをどうやって消化しているのだろう。

そもそも、生物ではないから、食事も睡眠もいらないはずなのに、なぜ、桔梗は食べるのか。

謎である。謎であるが、追及はしない。美味《おい》しそうに食べてくれるのだから、それでいいと思う。

「マイちゃんって、料理上手だよね」

桔梗が私を持ち上げる。お世辞まで言える、優秀な式神さんだ。

「ありがとう。でも、手巻き寿司で料理上手って言えるかどうか、微妙だと思うけど」

私は肩をすくめた。褒めてもらえるポイントといったらすし飯と、卵焼きくらいかなーと思う。

「ね、そう言えば、マイちゃんの読んだ小説で、次はどうなるの？」

桔梗は、面白そうに尋ねる。

「うーん。次のお話は『赤の絆』ってタイトルでね。事件そのものはたいしたことがない、珍しく平和なお話だったわ」

「ふうん。平和なお話って？」

私は桔梗の顔を見た。

「如月さんがお見合いする話よ」

ぶっ、と如月がお茶を噴き出した。

あ。しまった。恋愛系の話は、伏せておこうと思ったのに、つい言ってしまった。

くすくすと桔梗が笑う。

「えっと。あの、如月さんがご実家に帰省なさるお話だったの」

私はあわてて言い直したが、じとり、と如月が私を睨《にら》むように見る。

「へえ。マイちゃんは？」

当たり前のように桔梗が質問する。何度説明しても、彼女は私がただの『隣人』という設定を理解できないらしい。

「私は、出番ないよ？　だって、如月さんのご実家のお話だもの」

私は鉄火巻きを作って、頬張った。

「悟さまは、誰とお見合いするの？」

興味津々という感じで、桔梗が聞いてくる。

「でも。なんか私が読んだ内容と事件、全然一致しないみたいだし」

慌てて言い訳をして、はぐらかそうと試みる。

『赤の絆』のヒロインは、清楚可憐《せいそかれん》な国城《くにしろ》エリカ。如月の見合い相手だ。

とはいえ。この話は、基本、如月奈津美《なつみ》という、桔梗そっくりの、如月の死んだ妹の話が中心で、妖魔《ようま》退治シーンは、エリカと如月が出かけた夏祭りのシーンでほんの少しだけである。そもそもこの話、エリカとのキスシーンこそあるものの、大人な恋の話ではない。ファンの間でこの話は、作者のライトノベル時代の爽《さわ》やか路線として、評価されていた。

「俺、見合いなんてする気はないから」

怒ったような顔で如月は、私を見る。

なんだか、とても怖い。

「うん。もう、私の話なんて気にしないほうが良いと思います。だって、全然違いますよね？　変な先入観があったら、お仕事の妨げにもなるし。それに、恋愛も興ざめになっちゃうでしょうし。余計なことを言ってごめんなさい」

私は謝罪して、空いたお皿を下げるために台所に立とうとした。すると、如月に腕を引かれた。

「え？」

突然、引き寄せられた身体は、如月の膝《ひざ》に座り込むような形で倒れ込み、後ろからすっぽり抱きすくめられる形になった。

「マイさんは……不用心だ」

そのまま、ぎゅっと抱きしめられる。

「え？」

事態が把握できない。耳元に如月の温かな息づかいを感じる。

どうしよう。思わず桔梗を捜すも、優秀な式神さんの姿は、いつの間にかなくなってい
る。

「俺が、見合いをしない理由は、わかってくれる？」

甘いとろけそうなテノールの声が、耳元で囁《ささや》く。

心臓の鼓動がうるさい。如月の腕はさらに力がこもって。

息が苦しい。如月の体に触れているせいか、身体が熱を帯びてくる。

ドンドンドン
不意に、外の扉を叩《たた》く音がした。

「うちじゃ、ない」

私が呟《つぶや》く。振り返ると、不思議そうな顔の如月と目が合った。

こほん。

小さく咳払《せきばら》いをしながら、ふわりと桔梗が現れて。

「悟さま、せっかくのところを残念ですけれど、お兄様がお見えです」

申し訳なさそうに、彼女は言った。

なぜ、如月悟の兄である、如月徹《とおる》氏が、我が家の手巻き寿司《ずし》パーティに参加することになったのか、理解に苦しむところではある。

彼は、当たり前のように我が家に上がり込み、今、マグロを食べている。

如月悟より三つ年上の徹は、兄弟だけあって、悟にとても良く似た端整な顔立ちの男だった。弟よりちょっとキツイ目をしているが、渋みがあると思えばマイナス点ではなく、どちらが好きかは好みの問題であろう。

体格は、やや徹のほうがゴツイ。とても鍛えられている肉体をみせつけるかのようなダークグリーンのタンクトップに、ジーンズというシンプルな服装をしている。

如月の実家は、古くは土御門《つちみかど》家につながる、由緒ある陰陽師《おんみょうじ》の技を親子代々継承してきたのだが、現在、表向きは接骨院をやっているらしい。

この辺りは、小説と変わりはない。

徹は、接骨院を営みながら、フリーランスの化け物退治屋であり武道の達人という、まるで漫画の主人公を地で行くようなひとなのだ。

「何の用？」

如月にとっても、突然の訪問だったらしい。

「見合いの話があって」

兄の言葉に、如月の眉根《まゆね》がぐっと寄せられる。

「俺は、そんなものはしないと、この前、言っただろう？」

えっと。……と、いうことは、お見合い話はあったのか。そうだよね、如月も二十七。

男性は、女性より年齢で婚期を気にしないとはいえ、そういうお話があっても、おかしくない年齢なのだ。

納得しながら。ちょっと胸の奥がチクンとした。

「違う。お前じゃない。オレだ」

あれ？　私は耳を疑う。原作の徹は、許嫁《いいなずけ》がいたような気がするが……もう、原作は気にしないことにしたほうがよさそうだ。

「断れない相手から紹介された。助けてくれ」

すがりつくような目で、徹は弟に哀願する。

「お見合い相手は、そんなに嫌な方なのですか？」

私は、お茶を差し出しながら聞いた。

「いや、会ったことはない」

憮然《ぶぜん》とした表情で、徹は答えた。

「では、他に意中の方がいらっしゃるとか？」

「いや、そういう訳でもないのだが……」

言いながら、彼は私の顔を見て、私の手を急につかんで握りしめた。

「そうだ！　君——」

「観念して、見合いしろっ！」

徹は最後まで言葉を言いきらないうちに、弟から肘鉄《ひじてつ》をくらったのだった。


「如月さんのお兄さんは、どうして、そんなにお見合いが嫌なのですか？」

私は、保冷剤を頭に当てた徹に訊《たず》ねた。弟の肘鉄がクリーンヒットしたらしい。

「徹でいい」

初対面で名前呼びは、と言うと、「面倒なのは嫌だ」と彼は言った。

「わかりました、では、徹さん」

私がそう呼ぶと、如月の片眉が器用に吊《つ》り上がったような気がした。馴《な》れ馴れしいと思われたのかもしれない。

いや、だけど、『お兄さん』呼びも変な気がするのは、それはそれで意識しすぎなのかな？

「それで、理由はなんなのですか？」

「オレは、恋愛結婚がしたい」

複雑な事情があるのかと思えば、乙女のような意見に私は驚く。

恋愛なんて、しようと思えばいくらでもできるだろうに、と思う。弟とはタイプが違うけれど、道を歩くだけで、いくらでも女なんて釣れそうである。

「えっと。それは……要するに、まだ遊びたいと？」

徹はムッとした顔を浮かべた。

「オレはそんなに軽薄じゃない。愛する女を嫁さんにして、一生、嫁を愛《め》でてくらしたいと思っているだけだ」

如月とよく似た端整な顔で、真剣にそう言われると、自分のことを言われたわけじゃないのに、胸がキュンとしてしまう。

徹の声は、弟ほど甘くはないが、ちょっぴりウェットでセクシーだ。

「徹さん、今時、お見合いって、出会いの一つのかたちでしかありません。会ってすぐ結婚が決まるものでもないですよ」

　私は、少し胸がドキドキしてしまったことを悟られまいと、徹から顔を背けた。すると、如月の鋭い目に気がついて、今度は別の意味で心臓が止まりそうになる。なんだか、顔が怖い。

「随分、お見合いに肯定的だね、マイちゃんは」

　気さくなひとらしく、あっという間に私を名前呼びする。顔は似ているけど、弟とは性格が違うようだ。

「えっと。例えば、お見合いパーティとかの婚活って、合コンより真剣な相手と出会えるから、女性としては安心ですし」

　一般論を言っただけなのに、如月が冷やかに私を睨む。気温が下がったような錯覚さえ覚えた。

　お見合いってそんなにイケナイことなのだろうか？

「お見合いパーティって何？」

　弟の様子に全く気が付いていないのか。徹は興味津々に話を続ける。

「結婚式場をはじめとする、ブライダル関連の業者が行っている、集団お見合いです」

「へえ。合コンとどう違うの？」

「結婚を前提にした出会いを求めて集まるという点でしょうか？」

徹の質問に答えるたびに、如月の目が冷たくなる気がする。

「マイちゃん、それ、行ったことあるの？」

桔梗が面白そうに聞いてきた。優秀な式神さんは、痛いところをつく。

「えっと。あると言えばあるけど……それは、あの、田中舞《まい》ではなくて」

私はうつむいた。適齢期には違いないのだ。地味女だって、婚活ぐらいしたっていいと思う。

「へー。麻衣《まい》ちゃんの方？　すっごく、モテたでしょう？」

桔梗がくすくすと笑う。彼女から見た私は霊的魅力補正がかかっているから、私を絶世の美女と信じて疑わない。いや、いい加減、気づいてほしいのだけど。

「モテるわけないじゃん。誰に注目されることもなかったって」

「あれ？　君、よく見たら、ふたつの魂がひとつになっている。面白いね」

徹は、興味深げに私を見ながらそう言った。

さすが如月のお兄様である。そういうことも当然、わかるらしい。

「麻衣さんは、結婚願望があるの？」

如月が射るような視線で私に聞いた。なんだか口調が怖い。責められている気分になる。

「私も二十七です。どちらのマイも結婚願望くらいありますよ。モテない女だって、夢ぐらい見てもいいじゃないですか」

私は、首を振った。お見合いパーティには行っていないけど、田中舞だって、結婚を夢見ていないわけじゃない。たとえ、物語においては背景人間だとしても。私だって、ささやかな幸せが欲しいのだ。

「私が婚活するのって、そんなにいけないことですか？」

思わず反論してしまうと、徹はくっくっと笑った。

「あのね、弟は、いけないと思っているのではなくて、してほしくないって思っているのだと思うよ」

「へ？」

意味がわからず、私は戸惑う。私が婚活すると、そんなに見苦しいのだろうか。痛々しく見えるのだろうか。

如月は、やや顔を赤らめ、コホンと咳《せき》をした。

「そもそも、兄貴の見合いの話だろ」

「んー。そうだった。なんか、今のマイちゃんの話を聞いていたら、してもいい気がしてきた」

明るい顔で、徹は私に微笑みかける。

「そうか。見合いって、君みたいな不器用で可愛い子がするんだね」

さすがに兄弟だけあって徹の笑顔は眩《まぶ》しくて、私はドキリとする。心臓に悪い。

「観念したなら、さっさと帰れよ」

如月がムッとした声で呟《つぶや》く。お兄さん相手だと、なんだかいつもと違い、態度が子供みたいだ。

「冷たいなあ……帰したいなら、送ってくれ。まだ、酒は飲んでいないだろ？」

徹は言いながら、卵焼きを頬張る。

「あのな……」

呆《あき》れた如月を無視して、徹は私に向きなおった。

「そういえば、マイちゃんは、蛍、見たことある？」

「蛍？」

唐突な徹の言葉に、私は戸惑う。

「いえ、ないです」

私の言葉にニヤっと、徹が笑った。

「綺麗《きれい》だよ。見たくない？」

「ええ。機会があれば」

じゃあ、決まり。と、徹は結論づけて、皿を片づけ始めた。

「近所の川で蛍祭りが始まってね……祭りっていっても、蛍を観賞するだけだけど。おいでよ」

「い、今からですか？」

私は時計を見る。今は六時ぐらい。まだ、遅くはないけれど。

「蛍は、夜見るものだぜ？　遅くなったら、うちに泊まればいい」

「兄貴！」

如月がびっくりしたように声をあげる。

「二つの魂が重なった女の子なんて、親父も絶対、会いたがる」

「マイさんは、見世物じゃない」

如月の声がムッとしている。

その言葉は、なんだか、ちょっと嬉《うれ》しかった。大切にされているような気がして、胸に温かい火がともったような気持ちになった。

「固いこと言うなって。蛍は季節ものだ。見せてやれよ」

そう言って、徹は弟の耳に何事かを囁《ささや》く。如月の端整な顔が朱に染まり、「馬鹿を言うな」と小さく呟く。

「マイちゃんも、蛍、見たいでしょ？」

「え、はい。でも、その……おうちに泊めていただくのは、さすがに」

ご迷惑ではと言いかけたのに。

「大丈夫。妹もいるし。悟もさすがに実家じゃ、夜這《よば》いはしないだろーから」

「え？」

妹さん？　それに、なぜ夜這いなんて言葉が出てくるの？

「奈津美、帰っているのか？」

「ああ、三日前にフラッと帰ってきた」

二人の話についていけず、私はキョトンとする。

「如月奈津美さんは……お元気なので？」

私の言葉に、不思議そうに、如月兄弟は顔を見合わせた。

「ピンピンしているけど、妹がどうかしたの？」

徹の言葉に、私は頭を抱えた。やっぱり。小説と現実は似て非なるものだ。

「……失礼しました。あの、一つ聞きたいのですが、桔梗は奈津美さんと似ているのですか？」

如月は、眉根《まゆね》をよせた。

「マイさん……俺、式神を妹に似せるほど、シスコンじゃない」

「奈津美さまは、もっと活動的な方ですよ」

桔梗が笑う。

私は、もう小説の話を口にするのはやめよう、と心に決めた。


結局。徹に強引に押し切られ、私は如月の車に同乗することになった。揺られること一時間半程度。如月家に来てしまった。

「うわ、兄貴が女を連れてきた！」

出迎えてくれたのは、如月奈津美。二十三歳の彼女は、ショートカットでとてもボーイッシュな美人だった。

聞けば、彼女は、現在アメリカに留学していて、今回は一時帰国したのだそうだ。

目元がなんとなく如月兄弟に似ている。

「わお、どっち？　どっちの？」

挨拶《あいさつ》をする前に、私の手を取って、面白そうに私を見た。

この場合、この質問が「徹と悟のどちらの恋人か」という意味なのは、私にも理解できる。

ただ、どちらでもないので、少し返答に困った。

「あの……悟さんの隣人の田中舞と申します。悟さんには、大変お世話になっております」

「悟兄《に》ィの。ふうん。そりゃそうか。徹兄ィは見合いするンだから」

彼女の言う「悟兄ィの」の、「の」の意味するところが、だいぶ違うと思ったのだが、如月は、それを訂正する気はないらしい。

「お前、わざわざアメリカから何しに帰ってきた？」

「何言っているの、徹兄ィが見合いするからに決まっているじゃん。うちは、母さんがいないからさ。薮内《やぶうち》さんの奥さんにまかせっきりも悪いと思って」

どうやら、今時珍しく、如月家の自宅でお見合いをするらしい。

「女手が足りないなら、ホテルとか料亭でお見合いすればいいのに……」

私がポツリと呟くと、

「そうか！　どーして誰も気が付かないのよ！」

奈津美は、地団駄を踏む。

「しょうがないだろ。誰も見合いなんかしたことないんだから」

徹が首を振る。

「でも、今日、泊まってくれるってことは、舞さん、明日、手伝ってくれるのよね？　よかったわー」

「はい？」

意味がわからず、徹の方を見る。

「……ごめん。マイちゃん、そーゆーことだから」

どういうことでしょう？　いや、それならそうと、最初に言って下さい。台所の奥働きするなら、エプロンの一つも持ってきたよ？　しなきゃならない義理は……如月は私の命の恩人だし、ないわけじゃない、とは思う。

「兄貴！」

「蛍の話は本当だって。マイちゃん、絶対喜ぶと思うから。でも、悟。薮内さんは見合い写真の束を持ってお前も狙っているからな。マイちゃん、明日見せといて損はないだろう？」

「……」

私は、思わずため息をつく。

「要約すると、私は、お見合いにおける人手不足の解消と、如月さんの虫除《よ》けスプレーということで、ここに連れて来られたと、理解すればよいのでしょうか？」

「虫除け？」

不思議そうな顔で奈津美が私を見る。

「悟……おめー、もうちょっと頑張る必要があるな」

ポンと、徹は弟の肩に手を置いた。


その後。

当初の予定通り、蛍を見にいくことになり、如月に連れ出された。

夜、八時半。小さな川沿いの道に蛍を見に来る人は、思ったよりたくさんいた。

月のない晩だ。都会と違って空が暗い。

息をひそめるような静寂の中、時折、人々の感嘆の声が流れてくる。

蛍の光を楽しむために、街灯は消され、うすぼんやりとしか風景はわからないから、人の歩みは、どうしても遅くなる。

私は如月の背にくっつきそうなくらいの距離で、彼の後ろについていった。

「マイさん、あれを」

如月の指先を追うと、淡い光を放ちながらたくさんの蛍が舞う景色に出会った。

「わあーっ」

感動のあまり、思わず声が漏れる。

テレビや、写真で見たことはあったけれど、想像以上の美しさだ。

明滅する光は、やわらかで、蛍観賞の人々の間をふわふわと渡っていく。暗い水面がぼんやりと光を反射し、草の葉が揺れると、光が見え隠れする。

足元がおぼつかず、何度も如月の背にぶつかってしまったからだろうか？　不意に、硬い腕がのび、ぐいっと力強く腰を引かれ、私は如月にホールドされた。

ドキっとして見上げると「暗いから」と、如月に耳元で囁かれた。

確かに、暗い。蛍を楽しむために街灯はつけられておらず、こんなに間近な如月の表情すらはっきり見えない。ほんの少しでも離れてしまったら、はぐれてしまうかもしれない。

それにしたって、密着しすぎでは……と思う。

私の身体はピッタリと如月の身体に引き寄せられ、歩きづらいくらいだ。

暗くて、よく見えないだろうけど。たぶん私の顔は、今、熟れたトマトのように真っ赤だろう。如月の体温を感じているせいで、蛍を楽しむ状態じゃなくなり、私の心臓は激しく動く。

突然。如月の足が人の列から離れ、脇道へとむけられた。

「どこへ行くのですか？」

腰を抱かれたまま、如月に問う。

「見せたいものがある」

如月はそういって、胸のポケットから小さなＬＥＤライトを取り出し、私を誘導した。

山の上に向かって延びていく石の階段には、私たちの他に人影はなかった。

街灯もなく、見上げた彼方《かなた》は生い茂る木の枝の影。その向こうに、瞬く星が見える。

時折、夜風に揺れる葉のこすれる音の他は、お互いの息づかいと、足音だけ。

「あの……歩きにくいです」

如月を見上げて、小さく抗議した。

「ごめん」

如月は謝罪すると、私の腰からようやく腕を外す。

ほっとして、そっと離れようとしたら、今度は手を握られた。

「夜の山は、妖魔《ようま》がうろつきやすい」

絶対にはぐれるな、と如月は言い添える。

「子供じゃありませんから、つないでなくても、はぐれませんよ？」

私の言葉を、如月は聞いていない。ギュッと手を握りしめたまま、ゆっくりと石段を上っていく。

ああ、これは。

私は、既視感を覚えた。

『赤の絆《きずな》』のワンシーンだ。


長い石段を、如月とエリカは上っていく。

鍛えている如月は平然としているが、エリカは次第に肩で息をしはじめる。

上気した頬が妙に色っぽい。

「少し、休む？」

如月は優しく、彼女に声をかけた。

でも、田中じゃなくて、国城エリカのシーンだ。

この世界は『小説』とは違う。

それでも、時折、酷似した香りを漂わせ、私を戸惑わせる。

小説では、夏祭りの喧騒《けんそう》をさけるように如月とエリカは、山の中腹にある神社へ向かうのだ。

祭りといっても、祭りが違うし。

二人が見た祭りは、山車《だし》が出て、屋台が並び、にぎやかな笛や太鼓、人々のはじけるような活気に満ちていた。

これは、エリカじゃなくて、私に合わせた地味仕様ってやつかな……。

ついそう考えてしまう。

それにしても、息切れしただけで色気を感じさせるって、どれだけ美人なのだろう。

「鈴木《すずき》麻衣さんが読んだ小説の俺って、どんな奴？」

突然、如月が口を開く。

びっくりして見上げる。不意打ちだったので、ほぼ反射で答えた。

「えっと。とても強くて、頭が良くって、女性にモテるひとかな」

私の言葉を聞き、如月は首を傾げる。

「ふーん。じゃあ、すごく奥手とか、男性が好きとかそういう設定？」

「な、なに、言っているのですか！」

私は、びっくりして焦る。

小説の如月は、間違いなく肉食系である。

「そんなわけないです。小説の中で、女性の恋人もいらっしゃったし」

私は思いっきり首を振った。

「どうして、そんなふうに思ったのですか？」

私の問いに、如月は視線をそらした。

「田中舞さんは……俺をもっと警戒していたと思う」

ぼそりと、そう呟《つぶや》く。

否定はしないけど。でも、警戒も何もこんなに話す機会もなかったと思う。

「最近のマイさんは、不用心すぎる」

「はあ」

私は曖昧《あいまい》に頷《うなず》く。確かに、暗い山の階段を、ふたりきりで上っていく現状は、どう考えても女子的には不用心だ。

「鈴木麻衣さんも、たぶん用心深くて真面目な女性なのに、一人暮らしの自分の部屋に、平気で俺を上げるし」

「たいていは、桔梗もいっしょですから」

私は苦笑した。式神さんをカウントしていいものかどうか疑問だが、如月と二人きりだと意識はしていなかったかもしれない。

「それに如月さんは、私なんかに手を出さなくても、女性に困ったりしないでしょうし……本物の如月さんは、小説の如月悟と違って、紳士だもの」

「その根拠のよくわからない信頼は、非常にやりにくいな……」

ぼそりと、如月が呟く。

石段が終わりに近づく。私は、息を切らしながら、闇の先へと目を向けた。

「見せたいものって、何ですか？」

「こっちだ」

石段を上り終えると、大きな神社の境内に出た。

如月は、参道をそれ、社の裏側へと私の手を引く。

社の裏側は、大きな木が植わっていて、その向こうは崖《がけ》になっていた。

谷に目をやると、小さな緑色の無数の光がぼんやり見えた。

そして、開けた空には、満天の星が瞬いている。

ため息が漏れる。

まさか、これを？

この美しい風景を見せてくれようとしたのだろうか？

握られた手が、ぐいっと引かれた。

まるで、口説かれているみたいだ。

ロマンチックなシチュエーションに、頭が痺《しび》れてくる。

「見せたかったのは、この木だよ」

如月が静かに微笑んだ。

「木、ですか？」

私は、ハッと我に返る。大きくて立派な木だ。神木と言っていいレベルだろう。

いけない。勘違いするところだった。私は大きく息を吸い、心を鎮めた。

「俺は、この木から桔梗を作った」

如月はそう言って、木の幹をなでる。

「中学のとき、この山で、魔物に襲われている女の子に会ってね」

すこし辛《つら》そうに、如月は言葉を切った。

「未熟だったから……俺はその子を救えなかった」

如月は視線を眼下に落とす。辛すぎる記憶に、掛ける言葉が見つからなかった。

せめてその悲しみに寄り添いたくて、握った手を私の胸もとに引き寄せて、反対の手を添える。

「秋だったな……倒れたその子の傍に、桔梗の花が咲いていた」

「……だから、桔梗？」

私の言葉に、如月は頷く。

「その子の顔は、実ははっきり覚えていない。俺も、瀕死《ひんし》だったからな。兄貴が来てくれなければ、俺は死んでいただろう」

如月のあいた方の手が私の髪をなでる。

「桔梗は、救えなかった彼女を忘れないために……作った式神だ」

ああ、これは。私が、「桔梗と妹さんは似ているのか」と聞いたからだ、と思った。

「ごめんなさい……私が変なことを聞いたせいで」

如月は首を振る。そして如月の手が、私の顎《あご》に伸びた。

薄暗い闇の中で、その目が私を捕らえて。

「マイ」

甘い呼び声にびくりとする。

如月の唇が、私のそれに重なった。

え?!

声にならない驚きが、私の中を走る。

如月の手が私の身体を引き寄せ、抱きしめられた。

ど、どうしよう?

ついばむように、何度か唇を合わせた後、さらに深く唇を吸われた。息が苦しい。

驚愕《きょうがく》のあまり、身体が固まる。事態が把握できない。

嫌悪感はなかった。ただ、激しく痺れるような甘い感覚が全身に走り、酔ったように頭がくらくらしはじめる。

長い濃厚なキスが終わると、如月は、私の頸部《けいぶ》に、キスを落とし始めた。

「如月さん?」

あえぐように、ようやく名を口にする。キスだって、初めてだというのに。私は、頭が真っ白になった。

なぜ、如月が自分をこんなふうに求めてくるのか、意味がわからない。

混乱の中で、如月の腕に身体を預けかけた時。背後で、女性の絶叫が聞こえた。

次の瞬間、甘さとは無縁の、ぞくりとした感覚が全身に走った。甘美な痺れは一瞬で消え去る。

「糞《くそ》っ」

珍しく、如月は悪態をついて、私の身体を離した。

「この気配は、色情魔だな……嫌みか」

そう独りごちて、如月は小さなライトを私に投げてよこし、背後の方角へと走った。


それは、四本足の獣だった。

大きさは、虎ほどもあるだろうか。手足は肉食獣のように鋭い爪がのびている。

顔だけは人間の男のように見えるが、すでに、人であることを放棄しているように見えた。

獣の前に如月が立ち、ほぼ半裸の女性が恐怖で歪《ゆが》んだ顔で、それを見守っている。

獣の口からは涎《よだれ》がダラダラと流れ続けている。

「如月さん！」

私が駆け寄ろうとすると、彼は、手でそれを制した。

「マイはその人を」

私は頷いて、女性を抱き起こす。恐怖で感覚がマヒしているのか、何の反応も示さない。

獣は虎のような俊敏さで、如月を翻弄《ほんろう》する。

「分離、できるか？」

右手の独鈷杵《どっこしょ》が、きらりと光る。

「マイ、合図したら、九字を切れ！」

「はいっ」

如月は獣の爪を避け、くるりと回転するなり、獣の首筋に独鈷杵を打ち込んだ。

「今だ」

臨《りん》・兵《びょう》・闘《とう》・者《しゃ》・皆《かい》・陣《じん》・列《れつ》・在《ざい》・前《ぜん》

私は、刀印を結び、指で格子を描く。

描かれた燐光《りんこう》は、光となり獣の身体を焼いた。

獣の絶叫が暗闇に響く。

その次の瞬間、パチン、と、如月が指を鳴らした。

獣から、全裸の男が大地へと吐き出された。暗闇でもわかるほど、男の背から赤い血が大地に流れだして、広がる。

目と口の部分に大きな洞《うろ》が空き、獣は暴れ狂った。

臨・兵・闘・者・皆・陣・列・在・前

如月のテノールの声が闇に響き、あたりは光に包まれた。


獣の断末魔の叫びが山に響き終えると、静寂と暗闇が戻ってきた。

「まずいな」

如月は、全裸で倒れている男の傷口を見た。

私は、恐怖のあまり表情を失っている女性を助け起こし、彼女の乱れた着衣を直した。

震える彼女の肩を抱き、背中をなでる。

「如月だ。色情魔が出た」

たぶん、防魔調査室《ぼうまちょうさしつ》が相手なのだろう。如月は連絡をしながら、応急手当の作業を続けている。

「マイ、手を貸してくれ」

「はい」

如月は自分の着ていたシャツを脱ぐと、それを引き裂いて、男の背中に押し当てた。

「布瑠《ふる》の言《こと》を知っているか？」

布瑠の言というのは、死者蘇生《そせい》の言霊《ことだま》と言われている。前回、林大樹《はやしだいき》君を助けた後、如月が使用していたものだ。

「言葉は知っています」

夜中に密《ひそ》かに練習した呪文《じゅもん》の一つだ。もっとも、鈴木麻衣が唱えても何の効果もなかったという、ただの黒歴史なのだが。

「俺が、傷口を止血するから、その手に重ねてやってくれ」

「はい」

出来る自信は全くないが、九字が切れるなら、使えるかもしれない。

私は、如月の手に自分の手を重ねた。

「一二三四五六七八九十《ひとふたみよいつむななやここのたり》、布留部由良由良止布留部《ふるべゆらゆらとふるべ》」

言葉とともに、身体がふんわり熱くなる。柔らかな力が私の中から流れ出す。

「よし。血が止まった」

如月はゆっくりと、男を大地に横たえた。切り裂いた自分のシャツを傷口にまく。

そして、男の額に掌《てのひら》をのせた。

「……」

如月の顔が複雑な顔になったが、軽く首を振り、ポンと額を指で叩《たた》いた。

そして、そのまま、硬直したままの女性に向きなおり彼女の肩に手をのせる。

如月の顔はやや苦い。

「彼を責めないでやってほしい」

「え？」

女性の唇がわななく。

「彼のあなたへの気持ちは本物だ。こんな新月の夜は闇が濃い。闇に抗《あらが》えず、色情魔にとり憑《つ》かれてしまったが、それだけは間違いない」

「わ、私は……」

彼女はポロポロと涙を流す。

「如月さん」

私は、彼女を抱きしめた。如月の言うとおりだろうとは思う。男だって、好きでとり憑かれたはずはない。望んで、彼女を酷《ひど》い目に遭わせたかったわけではないだろう――それでも。

「いくらそれが真実でも、今の彼女には」

私の言葉を聞いていないかのように、如月は、彼女の額に手をのせ、指を弾《はじ》く。それと同時に、彼女は意識を失った。

如月は、首を振り立ち上がる。転がったLEDライトがぼんやりと辺りを照らしている。

「……彼女が彼を拒絶して突き飛ばした時、偶然、落石が彼を襲った」

如月は事務的にそう告げる。この事件の表向きのシナリオ。そして、当事者である彼らにも、如月はそのシナリオを記憶させた。心の傷も、肉体の傷も癒《いや》されることなく残るものの、彼らが妖魔《ようま》の存在に気が付くことはない。

救急車のサイレンが上ってきた階段の下から聞こえてきた。

「俺は、酷い男か？」

救急隊が二人を担架で運んで行ったあと、私たちは、神社の境内で再び二人きりになった。

救急隊が置いていったLEDライトが、ぼんやりと辺りを照らしている。

本来なら、警察が現場検証をするのだろうが、その辺は超法規である『防魔調査室』である。後始末は、警察は介入せず、防魔調査室の預かりとなっているらしい。

如月の言葉に、私は彼を見上げる。男の手当てのためにシャツを脱いでしまったので、彼は現在、上半身裸である。

鍛え上げられた肉体は、セクシーで目のやり場に困る。

彼の質問は、如月が男を庇《かば》おうとしたのを、私が止めたからだと気が付いた。

「酷いとは思いませんが……あの場では無理だと思います」

私は正直にそう答えた。

「男性が不可抗力だったのは事実だけど……いろんな意味で怖くてショックだったと思うのです。許せるかどうかは、これまでと、そしてこれからの二人の信頼関係なので、他人が口を出せることではないと思います」

「そういうものか？」

如月は首を傾げる。

「如月さんはおモテになるから……かえって、女性の心の機微に疎いのでしょうね」

私は、苦笑した。

「モテはしないが……女心に疎いのは事実だと思う」

如月は私の言葉を否定しながら、肩をすくめた。

「やっぱり俺も男だから。男の気持ちの方がよくわかる」

如月は私を見つめ、私の唇に指で触れる。こんな状況なのに、私の胸はドキリとした。

「……からかわないでください」

私は一歩下がって、如月から離れた。

如月は深呼吸をして、腕時計に目をやった。

「柳田が来るまで、一時間はかかる。マイは、俺の実家に帰るか？」

「柳田さん？」

「この境内で『落石』があった工作と、この地の浄化が必要だ。俺ひとりでは、時間がかかりすぎる」

「私……邪魔ですか？」

「そういうわけではないが」と、如月は複雑そうな顔をした。

「さすがに……私ひとりで、如月さんのご実家に帰るのは、ずうずうしいですし、道もわからないし、それなりに夜道が怖いというか」

戸惑う私に、如月は苦笑した。

「こんな夜中に、マイをひとりで歩かせたりしない。きちんと送る」

「え？　でも、またここに戻られるのでしょう？　手間じゃないですか。手伝えることがあるなら、手伝います」

私のことで迷惑をかけたくない。如月は頭を掻《か》いた。

「もちろん、手伝ってもらえると助かるけど……ただ、俺とここにいて、安全かどうかは、保証できないから……」

「如月さんといて安全じゃないクラスの妖魔が出たら、大事じゃないですか！」

私がびっくりすると、如月はぷっと噴き出した。

「そうか。マイは不用心じゃなくて、かなり鈍いのだな」

「え？」

「まあいいさ。それじゃあ、陣を張るから手伝ってくれ」

如月はポンと私の肩を叩いた。

翌朝。

お味噌汁《みそしる》の香りで、目を覚ました。

夜半過ぎまで、浄化作業に時間を取られたとはいえ、他人様《ひとさま》のおうちで、思いっきり寝過ごしてしまった。

服を着替えて、慌てて洗面台にむかう。

鏡の前で、自分の姿を見て、ぎくりとした。

大きめの襟ぐりのTシャツなので、自分の鎖骨が見える……それはいい。

その鎖骨のあたりに、赤い痕《あと》があった。

虫に食われた？

一瞬、そう思い……次の瞬間、昨晩のことを思い出して。顔から火が出そうになった。

こ、これって。

昨日、如月にキスを落とされた場所だ。

黙っていれば、誰も気が付かない？　いや、気が付くよ！　如月ってば、何を考えているの?!

私は鎖骨を手で隠すと、慌ててあてがわれた部屋に戻る。

一応着替えは用意してきたものの、本気で泊まる気はなかったこともあり、このTシャツを着ないのであれば、昨晩着ていたものしかない。汗だけならまだよいが、少し血がついている。さすがに着るのは躊躇《ためら》われた。

虫に食われたことにしよう。

そう決めると、鞄《かばん》の中から子供用のかゆみ止めのパッチを取り出し、赤い痕の上に貼り付ける。

正直、なぜ、キスされたのかもよくわからない。

流されるままに、あんなに暗い夜の神社に行ってしまったのだから、『軽い女』だと思われたのかもしれない。

そういえば、「不用心」と何回も言われた。あの場合、私が『誘った』ということになるのだろうか？

男の人って、愛がなくても平気だって聞くものね……。

ひょっとして。国城エリカの代わりってことで、いわゆる『ストーリー補正』が働いたって可能性もある。

如月も蛍の雰囲気に酔ったのかも。ロマンチックだったし。そうでなければ、私に手を出すなんてあり得ない。

「マイちゃん、起きた？」

エプロンをした桔梗が部屋を覗《のぞ》きに来た。

「あれ？　そこ、どうしたの？」

桔梗が目ざとく、私の鎖骨を指さした。

「え？　えっと……虫に食われたの」

「ま。虫と言われれば、虫だよね」

桔梗は意味深な笑顔をみせて。

「ごはん、できているよ」

と、付け足した。


「ほう、確かに。霊的魅力が振りきれているね。霊力も高い」

朝食を用意して待っていてくれたのは、如月兄弟の父である、如月誠《まこと》氏。

美形兄弟の父上は、やはり美形なオジサマで、枯れ具合もまた良い。

ご飯に味噌汁。あぶった魚に青菜のお浸しに、卵焼き。まるで、旅館のような朝食である。作ったのは、誠の傍らに立つ和装美人。結い上げた髪がとても色っぽい誠氏の式神、牡丹《ぼたん》だそうだ。

誠氏は、私を見るなり破顔した。

「君なら、薮内さんも文句はないだろう。いやあ、悟、よくやった」

言いながら、ポンポンと、息子の肩を叩《たた》く。

如月は、真っ赤になって、視線を下に向けている。

「狡《ずる》いぞ、如月。マイちゃんをお前が薮内さんに紹介するなんて」

昨日の仕事の関係で、柳田もそのまま如月家に泊まった。柳田は、ムッとした顔で抗議する。

俺だって権利はあるはずだと、ぶつぶつ呟《つぶや》いている。

私を薮内さんとやらに紹介すると、何かいいことがあるのだろうか？

如月家だけでなく、柳田とも、薮内さんという人は関係があるようだ。

「……話が見えません」

首を傾げる私に、奈津美さんが笑った。

「薮内さんっていうのは、うちの主筋にあたるお家で」

「主筋？」

一瞬、聞き間違いかと思う。現代日本で、そんな言葉はめったに聞かない。

「うん。土御門家の直系なの。現在も陰陽協会の会長さんで」

なんだ、そのアヤシイ団体は。

もう何も聞かずに、家に帰りたくなってきた。

「如月家は、霊能力者が多い家系なの。だから、薮内さんは、兄貴たちにはできるだけ、能力者と結婚してほしいわけよ」

「えー？」

私はのけぞった。

現代でも政略結婚めいたものがあることは知っていたが、何なの、その『聖なる王家の血』みたいな展開は。

「……だから徹さんは、恋愛結婚したいっておっしゃったのですか？」

「まあね」

苦い笑いを徹は浮かべる。

「見合い相手のお嬢さんは、大きな神社の巫女《みこ》さんだ」

へえ、と私は頷《うなず》いた。

誠氏は、そんな徹を嘆かわしそうに見た。

「贅沢《ぜいたく》言うな。お前にはもったいないくらいの美人じゃないか」

「そうそう。国城エリカさんといってね、すごい美人なの」

奈津美は釣書に添えられた見合い写真を、私に見せてくれた。

小説のイメージ通り、清楚可憐《せいそかれん》な国城エリカが、そこに微笑んでいた。


「国城エリカ、か……」

私は、客用の漆器を磨きながら、独りごつ。

そういえば、『見合い相手』とはあったけど、小説にはお見合いシーンは描かれていなかった。

とはいえ。徹の見合い相手であるエリカが如月悟と恋に落ちたら、略奪愛めいていかにも泥沼である。

たとえ恋に落ちたとしても、そういった相手であれば、如月は自分の気持ちにふたをして顔に出さないタイプに見えるし、その可能性はない気はする。でも、私が勝手にそう思いたいだけかもしれない。

ずっと考えないようにしているけれど。

私にとって、あれはファーストキスだったのだ。蛍がみせた一夜の夢だったとは思うけれど、肌に生々しい痕がまだ残っているのに、如月が他の女性と恋に落ちるのは見たくないと思うのは、わがままであろうか。

国城エリカと如月悟の関係は、作品中でも異色だ。これほど『清い』関係だった女性はなく、ファンの間では、実は如月の大本命なのではないか、と言われていたほどだ。

「舞さん、それ、終わりました？」

「あ、どうぞ」

奈津美が私の磨いた漆器を受け取る。

女手が足りないという噂だったのに、そんなことは全然なさそうだった。

如月家の面々は、それぞれ式神を持っている。桔梗をはじめ、朝食を作ってくれた牡丹、撫子《なでしこ》という三人の美女と、楠《くすのき》という美青年が、台所を取り仕切っている。撫子は徹の、楠は奈津美の式神だそうだ。式神に服装の決まりはないらしく、撫子と楠は洋装だ。そのあたりは術者の好み、ということらしい。

私は、既視感を覚えて、楠という式神に視線を向ける。年齢は二十代後半くらい。細く鋭い目で、非常に日本人的な美形だ。淡いブラウンの夏用のスーツを着ている。

「ねえ、奈津美さん。変なことを聞くけど、『青の弾丸』という小説、知っている？」

言葉を言い終える前に、奈津美は「青の弾丸、知っているの？」と私の腕をつかんだ。

目が爛々《らんらん》と輝いている。

「う、うん。楠って、ひょっとして、楠龍二《りゅうじ》なのかなーって」

「わー！　メチャ嬉《うれ》しい！　そうなの！　もう、龍二、最高だよねー」

ぶんぶんと、私の手を振って、喜びを全身で表現した。私以上の大ファンのようだ。

「わお。舞さんも読者なんて、奇遇よ！　いえ、運命だわ！」

興奮した奈津美は、手にしていた漆器を置いて、奥から、お茶とお茶菓子を持ってきた。

もはや、お見合いの用意をする気はゼロである。

「でも、舞さん、よくわかったね」

「うん、なんかイメージピッタリだったから」

まさか小説のキャラクターを模して式神を作るなんて、考えたこともなかった。奈津美のその自由すぎる発想は、ちょっと心配な気がするけど。

「私は、楠より、南条《なんじょう》のファンだけど」

南条と言うのは、『青の弾丸』のもう一人の主人公。青の弾丸は、南条と楠がコンビを組んだハードボイルドSF作品である。

「へえ、南条派なの？　じゃあ、式神作るときは……」

「サボるな、奈津美」

夢中になって話していた奈津美は、背後からやってきた如月に軽く頭を叩かれた。

「えーっ、せっかく式神の打ち合わせをしていたのにぃ」

奈津美はぷぅぅっと頬を膨らませる。会話の内容は別として、とても可愛い。

「奈津美さん、私、式神なんて作れません」

そもそも私は小説知識のなんちゃって霊能力者なのだ。そんな専門的な知識は全くない。

「えー、作ろうよ。教えてあげる！」

「作れたとしても……異性にはしないと思うよ？」

「どうして？　どうせなら、カッコイイ男のほうが良いじゃん」

奈津美はキラキラする目を私に向けた。

「そんなカッコイイ式神作ったら、私、日常生活できないよ」

私は、苦笑した。

「残念だなあ、南条が舞さんにかしずいてたら、結構、萌《も》える絵になるのに」

「南条って誰？」

冷やかな声で、如月が口をはさんだ。

私は顔に熱が集まるのを意識した。さすがに二十七歳なので、小説の登場人物に懸想するということが、他人様《ひとさま》から見るとかなり痛くみえるということはよくわかっている。もっとも、如月に対しての私の気持ちは、その延長上にあるのも事実で、そう考えると、私は相当に痛い女だと思う。

「舞さんの好きな人」

「……」

奈津美の答えに、如月の動きが止まる。

「ちょっと、奈津美さん！」

私は慌てた。あまりといえば、あまりの展開である。

「どこの、誰？」

もう一度、如月が冷やかに口を開くと、奈津美は大笑いした。

「悟兄《に》ィったら、マジすぎ。もう、南条は、小説の登場人物だよ」

如月は、それを聞いても不機嫌そうな顔をしている。

「ひょっとして、異世界《むこう》での知り合い？」

「ええっ？　違いますよっ」

そうか、そういう考え方もあるわけだ。こっちが麻衣にとって小説なら、あっちは舞にとって小説っていう可能性もゼロではない。的外れだけど。

「……そうか」

納得いかない様子の兄を、奈津美はじっとみつめた。

「残念だけど舞さんは、式神、異性にしないのが正解だね」

突然、奈津美が私の意見に賛同したので、私は驚く。

「男の式神はつくったとたんに、悟兄ィが、滅しちゃう気がするよ」

くすっと奈津美は笑った。


お見合いは如月家の奥の間で、粛々と行われていた。

私は、お膳《ぜん》の用意が済むと、ぼうっと如月家の広い日本庭園を眺めていた。庭のお手入れは誠氏の趣味なのだそうだ。庭の中央には小さな池が作られていて、鯉が泳いでいた。

せっかくだから餌をあげてみたいなと、ぼんやり考えていると、如月と、柳田がこちらへやってきた。

「マイ、ちょっと」

そういえば、昨日の夜から、如月は私の名前を呼び捨てにしている。そのことで、柳田は不審そうに如月を見るが、どちらもそれ以上は何も言わない。

「薮内さんに紹介するから、こっちへ」

「へ？　ええ」

そういえば、お見合い回避の虫除《よ》け役も頼まれていた。

「柳田さんも、薮内さんとお知り合いなのですか？」

私の質問に、柳田は肩をすくめた。

「日本の霊能力者で、薮内さんを知らない人間はほぼいない。『防魔調査室』の草分け的存在だしな」

「へー」

そんな人が、お見合い写真の束を持って歩いているのか。断れないといった徹の気持ちもわかる。

私はふたりに案内されるままに、奥の部屋へと足を進める。

「あのー、どちらへ？」

「座敷のほうだ」

「お見合い中なのでは？」

「顔合わせはすんだから、問題はない」

如月は言い切ったが、私はTシャツにスカートという超ラフな服装だ。お見合いのようなかしこまった場に出て行ける服装ではない。そう言って、丁重にお断りしようとしたのだが。

「気にするな」

気にするって！

でも。私は如月の本当の恋人ではないのだ。一時の虫除け役が、相手の心証を気にする必要はないともいえる。

如月のこの強引さの理由も、そのあたりにあるのかもしれない。

「お邪魔します」

襖《ふすま》を開けると、正装の人々が一斉にこちらを見た。

一回こっきりだと思っても、いたたまれない。しかもだましていると思うと、申し訳ない気持ちがハンパじゃない。

「薮内さん、こちら、先ほど話した田中舞さんです」

如月は私を招きよせ、頭を下げる。なにをどう話されたのか、全く想像がつかないが、とりあえず同じように頭を下げた。

「ほぅ、これは、すごい！」

六十代くらいの陰陽協会の会長と聞いていたから、てっきり仙人みたいな人かと思いきや、随分若々しくてエネルギッシュなおじさんが、目を細めて私を見た。

「魂が二つというのは、前にも見たことはあったが、これほどまでに同調しているのは初めてだ」

薮内氏の目は、珍獣を見る目だ。私の価値なんて、それしかなさそうだから仕方ないと思う。

「あなた、失礼よ」

その隣に座っていた品のある老婦人が、咎《とが》めるようにそう言った。たぶん薮内氏の奥様だろう。

「眩《まぶ》しいくらいに、霊的魅力にあふれた方ですね」

落ち着いた美しい声は、国城エリカだった。可愛らしいワンピース姿は、写真以上に美しい。

思わず私は、如月の顔を見る。ドキッとするくらい優しい目で微笑み返され、私は戸惑った。

「いいね、いい。実にいいよ、悟君」

ポンポンと、薮内氏は、如月の肩を叩《たた》く。

どうやら薮内氏は珍獣を見て、ご満悦らしい。

「このような方と義理の姉妹になれるなんて、嬉しいわ」

エリカが、艶然《えんぜん》とした笑みをうかべ、徹が嬉しそうに笑みを返す。

お見合いはどうやら上手《うま》くいったようである。

って、義理の姉妹？

意味がわからず、私は小首を傾げ……それの意味することを理解して、顔が熱くなった。

しかし。お見合い回避のための虫除け役を頼まれたのだから、ここは、否定してはいけないところである。

「それで、こちらのお嬢さんは、『防魔調査室』の？」

「いえ、目下、鋭意口説き中です」

柳田が脇から口をはさむ。それはもったいないと、薮内氏は顔をしかめた。

「あら。でも、無理に最前線に立たなくても、早く家庭に入ったほうが良いのではないかしら？　ねえ、悟君」

ニコッと、薮内夫人は笑った。

柳田はちょっと不満げに口を曲げ、如月は顔を赤らめた。

私はもはや、考えることを放棄して、笑顔を張り付けたまま茫然《ぼうぜん》としていた。

絶対、オーバーワークだ。

私は縁側に腰掛け、冷茶をすすりながら、放心していた。

何もかもが、隣人の職分を越えている。

そもそも、この話の出番は、スーパーで如月と話をするだけだったのに。

何ゆえに、こうなったのであろう。

「お疲れのようね」

キラキラした光をまとったかのような国城エリカに声をかけられ、私はびっくりした。

「お、お帰りになられたのでは？」

あまりの美しさに私は焦った。ゲストヒロイン様は、オーラが違う。

「うん、薮内さんご夫婦とうちの両親は帰ったわ。私は、もう少しお話したいから残ったの」

「で、では徹さんを」

探してきます、と言おうとしたら、違うわよ、と、言われた。

「奈津美さんに聞いたわ」

くすり、とエリカは笑って、声を潜める。

「……あなた、南条派なんですってね？」

「え？」

私はびっくりして、彼女を見返した。

「私もなのよ！　もう、これって、奇遇、ううん、運命よね！」

満面の笑みで、彼女は私の手を握る。

「こういう旧家の親戚《しんせき》づきあいって、面倒なことが多いけど、私ってなんて運がいいのかしら！」

キラキラした目は、同志を見つけた喜びに溢《あふ》れている。

「エリカさーん！　ありましたよ！」

奈津美が楠に何やら雑誌をもたせ、こちらに歩いてきた。

「わ！　本当？」

私は、楠のもってきた雑誌に目をやる。

「月刊ＳＦ？」

私もちょっと胸がドキリとする。

「そうです！　文庫に落ちていない、『青の弾丸』番外編収録号です！」

奈津美が自慢げに（いや、これは自慢して当然！）そう言った。

「えーっ」

私は思わず、悲鳴に似た歓声をあげる。

「私、これ、知らずに買えなかったやつです！」

「私も！」

私とエリカは、雑誌にくぎ付けになった。

「読みたい！　コ、コンビニでコピーを！」

私が叫ぶと、「お貸ししますよ」と、奈津美が笑った。

「で、でも……」

「長い親戚づきあいになりそうだもの。気にしないで」

私は焦った。エリカはともかく、私は親戚になる予定はない。

「あ、あの、私、本当は、悟さんとは家が隣だというだけの関係で。今回はお見合いを断る口実として呼ばれただけなのです」

思わず本当のことを話してしまうと、奈津美の式神の楠が片眉《まゆ》をあげた。

うわっ、龍二だよっ、龍二がここにいるっ！

思わず煩悩に走ってしまった。奈津美の式神って、完成度が高すぎる。

楠は、上から下まで嘗《な》め回すように私を見て、ふっと笑った。

「マイさま。そうではないと思いますよ。人間にはわかりにくいでしょうけど、貴女様《あなた》から、悟さまの霊力を感じますから」

「……なんのこと？」

私が首を傾げると、くっくっ、と楠は笑った。……桔梗もそうだけど、人間にしか見えない。

「たぶん、霊的魅力の高い貴女を下等な妖魔《ようま》から守るためだと思いますが、貴女には悟さまの印がついていています」

「印？」

奈津美が小首を傾げた。

「赤の絆《きずな》ってやつ？　霊力おくりこんで、妖魔を威嚇する印をつける？」

そういえば、僅《わず》かな霊力を持つがゆえに、妖魔につきまとわれていたエリカの悩みを聞いた如月が、彼女の手の甲に口づけをするシーンがあったような気がする。刻印が妖魔との結びつきなら、赤の絆は霊能力者との結びつきだ。

「そうです。まあ、ついている位置が位置だけに、妖魔避《よ》けという意味だけではないでしょうね」

ニヤリと笑いながら、楠は私の頸部から肩——鎖骨の辺りに目をやった。

え？

奈津美と、エリカの視線も、私の鎖骨に貼られたかゆみ止めパッチに向けられた。

「……情熱的ですね」

「悟兄《に》ィ、独占欲強いから……舞さん、たいへんだ」

私は足先まで茹《ゆ》で上がり、両の手で鎖骨を覆い隠し俯《うつむ》いた。

穴があったら、埋まりたい。

「とにかく、悟さまの霊力、そこからダダもれ状態ですから。単なる口実ではないと思いますよ」

楠はそう指摘すると、面白そうに笑った。

エピローグ

「お疲れさまでした」

できるだけ寄り道はしないようにと如月《きさらぎ》に言われてはいるのだが。社会人としては、そんなことを言えない時もある。

今日は、工場の方に勤めている井上《いのうえ》さんと高橋《たかはし》さんが職場結婚するということでそのお祝いの宴会だった。

「田中《たなか》さん、二次会は行かないのですか？」

「うーん。飲みすぎちゃったから、今日はやめとく。楽しんできてね」

立ち去り際に、白石《しらいし》にそう告げる。こういう場合、独身組は二次会に参加するのが『当たり前』な空気ではある。とはいえ、私の参加は誰にも求められてはいないはずなので、後から何か言われることもないはずだ。

いつも通勤する道とは違うところを通ると、背筋がざわざわすることがある。

今日の私はまさしくそんな感じだ。こんな日は、間違いなく、暗闇に何かがうごめいている。ずっと、何かが私についてきているのを感じている。

繁華街のネオンは明るく、行き交う車の往来も激しい。夜だというのに空はぼんやりと明るく、静けさとは無縁だ。

そんな路地と路地の間の道に落ちた影に、闇が溜《た》まるように集まり始め、影から影へと飛び移りながら、『それ』は、私の後を追ってくる。

如月が、私につけた『赤の絆《きずな》』のおかげで、弱い妖魔は寄ってこなくなったが、時折、こうして離れた位置で集まりながら、追いかけてくる輩《やから》がある。低俗な妖魔『暗霧《あんむ》』というものらしいが、集まれば集まるほど、力が強くなるという厄介な奴だ。

諦《あきら》めてくれればいいが、放置しておいて大きくなられては、私の力で対処ができなくなる。

意を決して、私は、人通りの少ない裏通りへ足を踏み入れた。

私に『視《み》られた』ことに気づいた暗霧は、影の中でむくむくと成長を始めた。

臨《りん》・兵《びょう》・闘《とう》・者《しゃ》・皆《かい》・陣《じん》・列《れつ》・在《ざい》・前《ぜん》
私は九字を切る。

私の描いた格子が、暗霧に向かう。しかし、実体のない影である暗霧は、焼かれる前に散ってしまった。

そして、光が消えると再び、集い始める。ネズミほどだったそれは、いつの間にか人ほどの大きさに膨れ上がった。

私は唇を噛《か》み、もう一度、刀印を結ぶ。

闇の濃密な気配に、息苦しくなった。

しまった。

思うより早く。暗霧は、さらに大きくなり、実体のない体で私の身体を締め上げる。

「もう、マイちゃん、寄り道しちゃダメって言っているのに」

ふわり、と桔梗《ききょう》が燐光《りんこう》をまとって現れた。

とたんに、私の身体を締め上げていた『力』が霧散した。桔梗は、私を庇《かば》うように前に立ち、飾り紐《ひも》を解き、現れた太刀を構える。

「マイちゃん、私が奴にこの太刀を突き立てたら、すかさず九字ね」

「うん」

桔梗の身体がふわりと動く。

銀の刀身がきらめいて、闇の塊を宙に張り付けた。

臨・兵・闘・者・皆・陣・列・在・前

桔梗がつなぎとめてくれたおかげで、今度はしっかりと暗霧を捕らえた。

グワッッ

声なき悲鳴を上げて、闇が消える。

「……ありがとう」

私は桔梗に礼を述べると、桔梗は微笑した。

「大丈夫。初心者さんなのに、マイちゃんは優秀だよ？　あと五分くらいしたら、車で悟《さとる》さまがここまで迎えに来るから」

「え？　でも……」

「気にしなくていいよ。悟さまの趣味だから」

「趣味って……仕事でしょ？」

私の言葉に、桔梗は肩をすくめる。

そういえば、私は現在、如月に監視されている立場らしい。

鈴木《すずき》麻衣《まい》が元の世界に帰れない以上、妖魔に好かれてしまうという厄介な技能が消えることはない。平穏に暮らしていた田中舞《まい》に戻ることができないのなら。田中マイは、戦うすべを身に付けていくしかない。

「そろそろかな」

桔梗が目をやった方角から、車が一台やってきた。

「マイ」

降りてきたのは、すらりとした人影。

「ケガはなかったか？」

「はい。おかげさまで」

如月は、当たり前のように助手席のドアを開いてくれる。

前よりも、距離が近くなったような気がするのは、私の願望だろうか。

正直、キスをされたものの、好きだと言われたわけでもない。戦う力もないくせに、妖魔を呼び寄せてしまう。そんな私を守るために、赤の絆をつける儀式に過ぎなかったのかもしれない。

それを問いただす勇気は、私にはまだなくて。

「寄り道するなって、言っているだろう？」

「すみません……会社の飲み会だったので」

「できれば、事前に連絡しろ。迎えにくるから」

過保護な如月の態度に期待してはダメだ。これは彼の仕事なのだ。わかっていても、胸が騒ぐのを止められない。

この世界は、『闇《やみ》の慟哭《どうこく》』に似ているけれど。ひょっとしたらと、夢を見てしまう。

この人の隣に、ヒロインではなく、私が立っていてもいいのかもしれない。そんな甘い期待を抱いてしまう。

この世界の如月悟は、小説の如月悟より、温かくて優しい。知れば知るほど、ただの隣人でいることが辛《つら》くなってくる。

「お手数をおかけしてすみません」

「自分で何とかしようと気負いすぎなくていいから」

運転席に座る端整な横顔を眺めながら、私は呟《つぶや》く。

「このまま鈴木麻衣があちらに帰れないとしたら。私、修行しないといけないですね」

小説からのなんちゃって知識のなんちゃって霊能力者では、いつまでも如月に迷惑をかける。

仕事として、そばにいてもらうのではなく。対等な立場で隣に立ちたい。

「無理はしなくていい。俺は、もっと頼られても構わないのだから」

「如月さんは……優しすぎます」

いつか私が。自分の力だけで戦える日が来たら。

その時こそ、私はこの想いを告げたい。

でも今はまだ。あなたの優しさに甘えさせてほしい。

夜の闇は、まだ、私には深すぎるから。

あとがき

はじめまして。秋月忍《あきつきしのぶ》と申します。

この度は、『私は隣の田中です』をお手に取っていただき、誠にありがとうございます。


大好きな物語の世界に入ってみたい――そんな気持ちになったことは、ありませんか？

巨匠、ミヒャエル・エンデ氏の『はてしない物語』（岩波少年文庫）では、英雄、アトレーユの冒険を読むうちに、バスチアンは本に吸い込まれてしまいます。

なんて、うらやましい！

読者であるバスチアンが、本の中のファンタージエンに入って行くさまは、胸躍るものがありますよね。

登場人物とお話をして、そして、物語の世界を冒険する。

考えただけで、ワクワクします。

もちろん、この物語が、『それだけ』の物語ではなく、もっと奥深いテーマをもった作品であることは、私が語るまでもないことなのですが。

でも、読者である自分が、物語の世界で冒険するというのは、本好きな人間の憧《あこが》れではないでしょうか？

いまや、ファンタジーの代名詞ともなりつつある、異世界転移、転生。

美しいドレスを着て、王子様と素敵な恋をしたり、ドラゴンや魔王を退治したりして、世界の救世主になるというのは、確かにドキドキする素敵な物語ではあります。

しかし、それらの物語を読みながら、漠然と考えていたのは、そこは私の行きたい物語世界とは違うな、ということでした。

もし私が、バスチアンのように本の世界に行けるとしたら。

舞台は、中世ヨーロッパ風の世界ではなく、現代の日本がいい。派手な炎を繰り出して、モンスターと戦うのではなく、九字を切って魑魅魍魎《ちみもうりょう》と戦いたい。世界を救い、みんなにもてはやされる英雄ではなく、人知れず、ひそやかに闇で戦い続ける、そんなヒーローが大好き。

この物語は、そんな私の憧れを込めて生まれ、ＷＥＢの投稿サイトで連載したものです。

物語の世界の登場人物に入ってしまう、そんな大定番なお話ではありますが、舞台は現代日本。与えられた役割は『主人公の隣人』。

これは、どこにでもあるような、それでいて、どこにもなかったような。

そんな物語を楽しんでいただけるのではないかと、自負しております。

書籍化するにあたりまして、全体を改稿しただけでなく、新たにエピソードを追加しました。

ＷＥＢ版をお読みいただいた方にも、お楽しみいただけるとうれしいな、と思います。


そして、紙面をお借りして、御礼を。

美しい表紙絵をお描きいただいた、イラストレーターの銀行《ぎんこう》さま。

本当に『これしかない』という構図。何一つ説明が書かれていないにもかかわらず、作品の内容がしっかり表現されていて、ラフを見た時、編集の担当さまに『感動しました！』と思わずメールしてしまいました。いや、プロ絵師さまって本当に、すごい！

また、ＷＥＢの大海に漂っていたこの作品を、拾いあげてくださった編集のＫさま。

まさか、自分の作品が、富士見Ｌ文庫さまの棚に置いていただけるなどと、妄想すらしたことがありませんでした。こうしてあとがきを書いている今も、夢ではないかと、思っております。

ここまでたどり着けましたのも、Kさまや、編集部をはじめとする、たくさんの人々のお力添えがあったからこそだと思います。

そして、WEBのころからお読みいただいていたみなさま。書籍ですよ。書籍！　みなさまのおかげで、『田中』は紙の本にしていただくことになりました！

また、夢をあきらめていた私の背中を優しく押してくださった、彩戸《あやと》ゆめ先生。先生の「面白かった！」の一言が、昨日と違う明日に踏み出す勇気となり、この度の出版につながったと思っております。

本当にありがとうございました。

最後に。何よりもいつも私を支えてくれている家族、この本を手にしてくださった、あなたに、心からの感謝を。

この本が、あなたにとっても、行ってみたかった世界であることを願って。


平成最後の冬に。

秋月　忍

この物語はフィクションです。
実在の人物や団体などとは関係ありません。

お便りはこちらまで

〒一〇二―八五八四
富士見L文庫編集部　気付
秋月　忍（様）宛
銀行（様）宛

富士見L文庫

私《わたし》は隣《となり》の田中《たなか》です
隣人《りんじん》は退魔師《たいまし》の主人公《しゅじんこう》!?

秋月《あきつき》 忍《しのぶ》

平成31年1月15日　初版発行

発行者　三坂泰二
発　行　株式会社KADOKAWA
〒102-8177　東京都千代田区富士見2-13-3
電話　0570-002-301（ナビダイヤル）

印刷所　旭印刷
製本所　本間製本
装丁者　西村弘美

定価はカバーに表示してあります。

ISBN 978-4-04-073048-6 C0193

寺嫁さんのおもてなし

著／華藤えれな　イラスト／加々見絵里

疲れた時は和カフェにお立ち寄りください。
“癒やし”あります。

前世の因縁で突然あやかしになった真白。人に戻る方法を探すため、龍の化身という僧侶・龍成の許嫁として生活することに。だがそこには助けを求めるあやかしが集まっており、あやかしに自分の境遇を重ねた真白は……。

【シリーズ既刊】1〜3巻

富士見L文庫

暁花薬殿物語

著／佐々木禎子　イラスト／サカノ景子

ゴールは帝と円満離縁!?
皇后候補の成り下がり“逆”シンデレラ物語!!

薬師を志しながらなぜか入内することになってしまった暁下姫。有力貴族四家の姫君が揃い、若き帝を巡る女たちの闘いの火蓋が切られた……のだが、暁下姫が宮廷内の健康法に口出ししたことが思わぬ闇をあぶり出し？

富士見L文庫